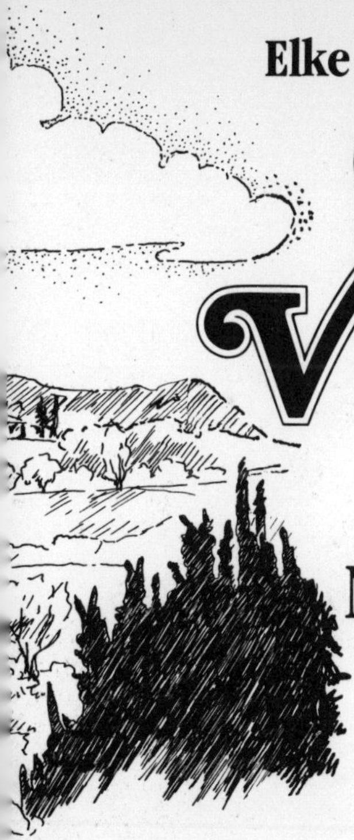

Elke Müller-Mees

Wir Vier

SEHNSUCHT NACH DEM SÜDEN

CIP-Titelaufnahme der Deutschen Bibliothek

Müller-Mees, Elke:
Wir vier / Elke Müller-Mees. – München : F. Schneider.

Bd. 6. Sehnsucht nach dem Süden. – 1988
ISBN 3-505-09898-1

© 1988 by Franz Schneider Verlag GmbH
8000 München 40 · Frankfurter Ring 150
Alle Rechte vorbehalten
Umschlagbild/Illustrationen: Ines Vaders, München
Umschlaggestaltung: Claudia Böhmer, München
Lektorat: Andrea Bubner
Herstellung: Brigitte Matschl
Satz/Druck: Presse-Druck Augsburg
ISBN: 3 505 09898 1
Bestell-Nr.: 9898

Inhalt

Sorgen um Rolf	11
Ein böser Verdacht	24
Rezepte und Rivalitäten	37
Mit Ralf, aber ohne Gaby	50
Mam hat Chancen	62
Wanderung auf steilen Pfaden	75
Verspätete Spaghetti	88
Was sagt bloß Paps dazu?	101
Wiedersehen mit kleinen Schatten	114
Ein Trostpflaster namens Hatto	127

Buchenloh
Das ist ein altes Bauernhaus mit vielen Tücken auf einem großen verwilderten Grundstück.

Und das sind die Bewohner von Buchenloh:

Hanno
Paps ist mehr als Vater, nämlich ihr bester Freund, sagen die vier. Ungewöhnliche Ideen entwickelt Hanno nicht nur in der Erziehung, sondern auch für Buchenloh und in seinem Büro. Von Beruf ist er Ingenieur.

Corinna
Daß sie die beste Mutter der Welt ist, steht für die vier fest. Für alle Töchter ist sie ohne Unterschied Mutter mit Leib und Seele. Über Langeweile kann sie nicht klagen: Da ist Buchenloh, die Tiere, die vier mit ihren Flausen und ein Mann, der die Töchter darin unterstützt.

Gaby
... Tochter der beiden..., 14 Jahre..., dunkles Haar..., blaue Augen..., etwas mollig
Auf sie kann man sich in allen Lebenslagen hundertprozentig verlassen. Ganz besonders setzt sie sich aber für Tiere ein. Doch in einem bestimmten Alter ist auch .anderes wichtig. Und wenn es um Jungen geht, ist Gaby nicht mehr tatkräftig, sondern ziemlich schüchtern.

Peggy
... seit sieben Jahren bei Waldmanns..., 13 Jahre..., schwarzes Kraushaar..., braune Augen..., dunkle Hautfarbe
Sie kann sehr tapfer sein, und leider ist das manchmal nötig. Denn wegen ihrer Hautfarbe wird Peggy mitunter angefeindet. Aber sie wird auch bewundert und beneidet; denn sie ist sehr begabt, vor allem in Sport und Kunst.

Daniela
... seit vier Jahren bei Waldmanns..., 13 Jahre..., rothaarig..., grüne Augen..., Sommersprossen
Daß man sie oft für einen Jungen hält, stört sie nicht. Im Gegenteil. Daniela turnt in Baumwipfeln herum oder schwingt den Hammer; für die Schwestern prügelt sie sich notfalls. Doch sosehr sich Dan auch wehrt: Sie ist in Gefahr, ein sehr hübsches Mädchen zu werden.

Maria
... seit einem Jahr bei Waldmanns..., 12 Jahre..., schwarze Haare..., dunkle Augen..., zierlich
Ein stilles, schüchternes Mädchen, so urteilen andere häufig. Nur die Eltern und Schwestern wissen es besser: Maria kann ein temperamentvoller kleiner Teufel sein. Kein Wunder, sie ist Italienerin und außerdem das Nesthäkchen.

Sorgen um Rolf

„Wo ist eigentlich Rolf?"

Daniela, die ihrem Vater gemeinsam mit Peggy den ganzen Nachmittag fleißig Ziegel zugereicht hatte, sah sich suchend um. Doch weder auf der Wiese hinterm Haus noch im Gemüsegarten war der Hund zu entdecken. Das war ungewöhnlich. Denn meistens hielt Rolf sich in ihrer Nähe auf.

Oben in luftiger Höhe paßte Hanno Waldmann einen Ziegel ein. Die alte Schmiede sollte ein neues Dach bekommen. Lange genug hatte sie als baufällige Ruine herumgestanden. Jetzt endlich wollte er sich darin sein Büro einrichten.

„Vorhin hat er ganz mörderisch gebellt." Hanno hielt

einen Moment inne. „Wahrscheinlich waren es Hausierer wie vor ein paar Tagen."

Auch die dunkelhäutige Peggy war nun abgelenkt. Ihr Blick schweifte in die Ferne. „Ich habe Rolf auch gehört, Dan."

Hanno wußte, was in den beiden Mädchen vorging. Er winkte mit der Hand. „Ab mit euch. Ihr könnt ja mal nachsehen, ob ihr ihn findet. Das ist sowieso der letzte Ziegel für heute."

„Fein", freute sich Peggy, „ein kleiner Auslauf wird uns guttun."

Daniela würde sich erst in Bewegung setzen, wenn sie merkte, daß es ihm tatsächlich ernst war mit dem Aufhören. Das wußte Hanno. So suchte er demonstrativ sein Werkzeug zusammen.

„Vielleicht ist Rolf unten am Fluß."

Mit langen Schritten liefen die Schwestern davon, über die Wiese, an der kreisrunden Buchenanpflanzung vorbei, nach der das Anwesen seinen Namen erhalten hatte: Buchenloh.

Während sie so rannten, versuchten Daniela und Peggy die zahlreichen Grashöcker möglichst zu vermeiden. Manchmal machten sie riesige Sprünge, um einem auszuweichen. Es war herrlich, in so viel Freiheit und Natur zu leben.

Denn Buchenloh war ja nicht nur das alte Bauernhaus, in dem pausenlos etwas repariert werden mußte. Nein, dazu gehörten die Ställe mit den vielen Tieren, der Garten, die Wiese und sogar ein schmaler Waldstreifen. Hier konnte man sich auslaufen, anders als in der norddeutschen Großstadt, wo sie vorher gewohnt hatten.

Atemlos blieben die Schwestern am Ufer des Flusses stehen, der die Grenze zum Naturschutzgebiet bildete. Es war still, nur ihr keuchender Atem, ab und zu ein Häherschrei und das Rascheln der Vögel im Laub war zu hören.

„Rolf!" rief Peggy, so laut sie konnte.

Der Hund antwortete weder wie sonst mit einem Bellen, noch kam er angelaufen. Als Daniela zwei Finger in den Mund steckte und zwei schrille Pfiffe ausstieß, blieb es ebenso still.

„Na warte!" Sie nahm sich vor, mit Rolf ein ernstes Wort zu reden.

Der sandfarbene, mittelgroße Hund hatte wie viele Mischlinge einen guten Charakter und gehorchte normalerweise aufs Wort. Daß er sich über zwei Stunden nicht blicken ließ und auf Rufen nicht reagierte, war noch nie vorgekommen.

Peggy sah, daß Daniela beunruhigt war, und überlegte. Rolf war das Tier, das Dan am meisten zugetan war. Jedenfalls gehorchte er ihr am besten, und beim Essen lag er unter Dans Stuhl.

Die anderen Schwestern und sie, Peggy, konnten sich bei Rolf nicht gut durchsetzen. Wenn der Hund sie pfiffig ansah, sein linkes Ohr umknickte und mit dem kurzen Schwanz wedelte, konnten sie nicht ernst bleiben und vergaßen meistens, was sie ihm befohlen hatten.

„Komm, Dan, vielleicht ist er nach vorn zur Straße gelaufen."

So was Dummes! Das hätte sie nicht sagen sollen. Peggy merkte es sofort. Statt die Schwester zu trösten, hatte sie ihr noch mehr Angst eingejagt. Dan krauste die Stirn mit den feinen Sommersprossen, die sie wie alle Rothaarigen hatte.

Mit dem Kopf deutete sie in die angegebene Richtung. „Okay, sehen wir da nach."

Auf der Leiter stehend, hatte Hanno Waldmann den Mädchen nachgesehen. Was für ein hübscher Anblick, dachte er mit väterlichem Stolz. Meine Töchter! Peggy mit ihren langen Beinen lief mühelos, und die sportliche Dan stand ihr nur wenig nach.

Dan, das wußte er, wäre lieber ein Junge geworden. Doch man kriegte nicht immer, was man wollte. Nur in ganz seltenen Fällen, so wie er. Er hatte sich seine vier Töchter gewünscht und sie bekommen. Nach der Geburt von Gaby hatte seine Frau Corinna keine Kinder mehr bekommen können. Aber sie hatten den Traum von der großen Familie nicht aufgegeben.

Erst hatten sie die kraushaarige Peggy als Pflegekind aufgenommen. Sie lebte nun schon über sieben Jahre bei ihnen. Dann hatten Corinna und er die Tochter eines guten Freundes adoptiert: Daniela, die bis dahin mutterlos aufgewachsen war und nun noch den Vater durch einen Unfall verloren hatte.

Vor einem Jahr, kurz bevor sie sich in Buchenloh niedergelassen hatten, war Maria, mit ihren zwölf Jahren die Jüngste, hinzugekommen. Ihre Mutter, eine Sizilianerin, hatte das Mädchen in Deutschland zurückgelassen, als sie in ihre Heimat zurückging. Diese Trennung hatte Maria noch nicht überwunden.

So war das eben bei einer großen Familie. Sie brachte kleinere und größere Probleme mit sich. Hanno stieg die Leiter hinunter. Er kam gerade unten an, als Peggy und Daniela vorüberstürmten.

„Habt ihr Rolf gefunden?"

„Nein", rief Daniela ihm zu, „wir sehen mal vorm Haus nach."

Das Verhalten des Hundes war wirklich ungewöhnlich. Weggelaufen war er noch nie. Bedenklich wiegte Hanno den Kopf, aber er sagte nichts. Er sah Schwierigkeiten auf sich zukommen und wünschte sich Corinna herbei.

Denn zur Zeit waren sie eine sehr kleine Familie. Corinna war mit Gaby und Maria nach Italien gefahren. Endlich war diese Reise wahr geworden, die sich Corinna als Ausgleich für den entgangenen Dänemarkaufenthalt gewünscht hatte.

Was hatte das für einen Trubel gegeben, bis es soweit war! Während Hanno sein Werkzeug ordnete, erinnerte er sich. Begonnen hatte alles mit Marias Frage.

„Was willst du in Italien machen, Mam?"

Corinnas Antwort kam prompt: „Wandern und Rezepte sammeln."

„Das würde ich auch gern. Muß furchtbar langweilig sein, so allein."

Maria seufzte abgrundtief. Italien war für sie seit je ein Zauberwort. Das war ihre Heimat. Dort war es warm und wunderschön, so schön wie sonst nirgends auf der Welt. Am liebsten hätte sie gesagt: Ich komme mit. Aber das ging schlecht. Im Gegensatz zu Mam war sie ja in Dänemark gewesen.

Lächelnd registrierten Corinna und Hanno diesen Seufzer. Wie Maria dasaß, hätte sie jedes Herz erweicht: klein und zierlich, die dunklen Augen glänzend vor Sehnsucht, während sie eine Locke ihres schwarzen Haares um den Zeigefinger wickelte.

Dabei hatten die Eltern längst für sich beschlossen, daß Maria die Mutter auf dieser Reise begleiten sollte. Sie wußten nur noch nicht so recht, wie sie es mit den anderen drei halten sollten. Alle vier konnte Corinna nicht mitnehmen. Dazu reichte das Geld beim besten Willen nicht.

Völlig unvermittelt schlug Daniela vor: „Warum nimmst du sie nicht mit, Mam?"

„Fändest du das nicht ungerecht?" fragte Corinna behutsam.

Ihr entging nicht, daß Maria zusammenzuckte und unwillkürlich die Faust auf den Mund preßte. Schwankend zwischen Hoffnung und Unglauben, sah das Mädchen von einem zum anderen.

„Wieso das?" Danielas grüne Augen blitzten. „Es ist doch Marias Heimat. Im letzten Winter ist sie sogar krank vor Heimweh geworden. Nein, ich finde, du solltest es tun, Mam."

Die dunkelhaarige Gaby, die Corinna wie aus dem Gesicht geschnitten schien, hob den Kopf von ihrem Strickzeug. „Das ist eine gute Idee, Mam. Außerdem kann dir Maria sicher helfen. Sie ist die einzige von uns, die Italienisch kann."

„Also gut", sagte Corinna.

Weitersprechen konnte sie nicht mehr. Maria warf ihr beide Arme um den Hals, drückte und küßte sie, daß ihr fast die Luft wegblieb.

„Mamma mia, o mamma mia", japste Maria, selbst völlig außer Atem.

„Aus der Reise wird nichts…"

Erschreckt ließ Maria die Mutter los und sah Hanno an.

„…, wenn du sie erstickst", fuhr er fort.

„Ach so." Maria wirbelte herum, umarmte nacheinander die Schwestern und den Vater. Die Unruhe, die sie verbreitete, störte Rolf auf. Er sprang von seinem Platz hoch, wo er vor sich hingedöst hatte, und bellte.

Nachdem sich der Sturm einigermaßen gelegt hatte, stellte Corinna fest: „Ich könnte zwei von euch mitnehmen. Nach Überprüfung unserer Finanzen haben Hanno und ich das herausgefunden. Wir wissen bloß nicht…"

Jetzt legte Peggy den Skizzenblock, den sie nach Marias stürmischer Umarmung wieder hochgenommen hatte, endgültig beiseite. Viele Gedanken auf einmal schossen ihr durch den Kopf.

Eine Reise nach Italien, vor allem in die Toskana, wie Mam es vorhatte, mußte wunderbar sein. Die Landschaft sollte dort so schön sein; viele Maler hatten sie schon gemalt. Es gab Städte mit alten Plätzen, Kirchen und Paläste und in den Museen fabelhafte Bilder. Doch, das wäre prima.

Aber eigentlich wäre es die richtige Abwechslung für Gaby, die in der letzten Zeit immer so traurig aussah. Den Grund dafür kannte Peggy. Gaby hatte gehofft, daß Ralf Denkhaus in den Semesterferien bei Doktor Zander, dem netten Tierarzt, arbeiten würde. Doch er war dort nicht aufgetaucht. Und er hatte ihr auch nicht geschrieben.

„Ich schlage Gaby vor." Peggy sah die Schwester an. „Wenn Dan damit einverstanden ist."

„Ich? Sicher. Ich bleibe sowieso lieber bei dir, Paps." Das rothaarige Mädchen rutschte näher an Hanno heran.

Corinna vergewisserte sich: „Bist du sicher, Peggy, und du auch, Dan?"

Während die beiden nickten, fragte Gaby: „Warum gerade ich?"

Ihr rundliches Gesicht zeigte deutliche Zweifel. Mit ihren vierzehn Jahren war sie die Älteste und fühlte sich für die Schwestern mitverantwortlich. Daß diese ihr jetzt die Italienreise zuschanzten, kam für sie überraschend.

Für Maria nicht. Sie knuffte Gaby in die Seite. „Freu dich doch! Was meinst du, was wir Tolles erleben werden."

Peggy grinste die Schwester aufmunternd an. „Du fährst mit. Du kannst Aufmunterung gebrauchen."

Gaby wurde rot, als habe die Schwester ihre geheimsten Gefühle verraten.

Peggy hatte ja recht. Nichts hatte ihr in den vergangenen Wochen Freude bereiten können. Nicht einmal die Tiere. Und von denen gab es eine Menge in Buchenloh: Gänse, Hühner, fünf Katzen, Meerschweinchen und viele andere.

Doch egal, ob sie sich um die Ziege oder die Schafe, um den Zwergesel Max oder die Angorakaninchen kümmerte, immer mußte sie dabei an Ralf denken, Ralf, der genau wie sie Tierarzt werden wollte und jetzt in Süddeutschland studierte.

Er war diesen Sommer nicht gekommen; er hatte schon länger nicht geschrieben. Bestimmt hatte er sie vergessen. Gaby fühlte, wie sich ihr Magen bei dem Gedanken zusammenzog. Ach ja, Italien, das war doch wenigstens etwas, worauf sie sich dann freuen konnte.

„Ja, wenn ihr meint", sagte sie.

Hanno hatte den Blick ihrer blauen Augen, die vor verhaltenen Tränen glänzten, noch genau in Erinnerung, als er nun an das Gespräch zurückdachte. Er hoffte zuversichtlich, daß Gaby durch diese Reise ihren Kummer vergaß.

Nachdem Hanno die Tiere in den Stall getrieben und gefüttert hatte, machte er sich daran, das Abendbrot vorzubereiten. Er war gerade dabei, die Pfanne kunstvoll zu schwenken, als Peggy ihren Kopf zur Küche hereinsteckte.

„Hm, Paps, das riecht gut. Was gibt's denn?"

„Spanisches Omelett."

„Soll ich Salat dazu machen?" Peggy griff nach dem Kopf Eisbergsalat.

„Das ist eine gute Idee. Wo ist Dan?"

Peggy schälte die Blätter einzeln. Weil sie so gefaltet waren, machte das einige Mühe. „Sie wollte ein Stück weiter in Richtung Stadt gehen, um zu sehen, ob Rolf dort irgendwo ist."

„Ist der Hund immer noch nicht da?" Hanno nahm drei Teller und das Besteck aus dem Schrank. Er stellte drei Gläser dazu und trug das Tablett nach nebenan.

Sie hatten den in alten Bauernhäusern oft vorhandenen Raum neben der Küche, die Anrichte, zum Eßzimmer umgestaltet. Hier gab es einen großen Tisch, Stühle und über zwei Wände eine Eckbank.

Ein Raum für eine große Familie. Als Hanno die Teller auf den Tisch stellte, wurde ihm die Abwesenheit Corinnas und der beiden andern Mädchen deutlich bewußt. Drei Gedecke, das war eine geradezu mickrige Anzahl.

„Vielleicht hat Rolf eine hübsche Hundedame entdeckt."

„Glaube ich nicht", rief Peggy aus der Küche. „Dan macht sich jedenfalls schwer Sorgen."

Das war Daniela anzusehen. Rot im Gesicht vom Rufen und Rennen, erschien sie wenig später.

„Ich konnte ihn nirgendwo finden", sagte sie mit kläglicher Stimme.

Sie stocherte in dem spanischen Omelett herum, als hätte Hanno darin eine Prise Gift versteckt. Die Brauen gerunzelt, saß sie da und sprach nur wenig. Was der Vater und Peggy redeten, beachtete sie kaum.

„Deshalb habt ihr die Tiere nicht von der Weide geholt", stellte Hanno fest.

Peggy legte ihm eine Hand auf den Arm. „Paps, es tut mir leid. Ich habe es total vergessen. Wir sind die Straße ein ganzes Stück raufgelaufen."

„Ist ja schon gut. Seltsam ist wirklich, daß Rolf sich aus dem Staub gemacht hat."

„Er ist nicht abgehauen. Das würde er nie tun", widersprach Daniela. Sie spießte heftig ein Stück Kartoffel auf.

Peggy machte dem Vater heimlich ein Zeichen. „Dan hat Angst, daß er von einem Auto überfahren worden ist."

„Dann hättet ihr ihn finden müssen", meinte Hanno. „Oder der Autofahrer müßte ihn mitgenommen haben."

Jetzt verdunkelten sich Peggys Augen vor Kummer. „Manchmal tun sie das, damit man nicht merkt, daß..."

Sie brach ab und sah die Schwester an.

Das war immerhin eine Möglichkeit, mußte aber nicht das Schlimmste bedeuten. Hanno betrachtete die beiden über die Teller gebeugten Mädchenköpfe. „Auf jeden Fall werde ich gleich mal telefonieren. Wir können die Tierärzte anrufen und vorsichtshalber auch im Tierheim."

Die Aussicht, daß etwas unternommen wurde, ermunterte Daniela sichtlich. Mit etwas mehr Appetit aß sie ihren Teller leer.

Hanno hielt einen Themenwechsel für angebracht. „Was glaubt ihr, ob es Corinna, Gaby und Maria genauso gut schmeckt?"

„Bestimmt nicht", behauptete Peggy, „du kochst besser als jeder Italiener."

Für dieses Kompliment bedankte sich Hanno wortreich. Von allen Hausarbeiten, die anfielen, mochte er Kochen am liebsten. Und voller Stolz hatte er festgestellt, daß es ihm nicht nur leichtfiel, sondern auch gut schmeckte.

„Um endgültig darüber zu entscheiden, wer besser kocht, warten wir lieber ab, was Corinna für Rezepte mitbringt."

„Wir probieren sie doch sicher alle mal aus." In Danielas Mundwinkeln erschien zum erstenmal wieder ein Lächeln. „Darauf freue ich mich schon."

„Überhaupt bin ich gespannt, was die von ihrer Reise erzählen werden", sagte Peggy.

„Ich erst", bestätigte Hanno. „Mit der Post sieht es diesmal schlechter aus. Die braucht von Italien lange."

„Länger als von Dänemark?" wollte Daniela wissen.

„Ich denke schon."

Daniela ließ sie Arme baumeln. Sie vermißte die gewohnte Berührung der Hundeschnauze. Rolf hatte seinen Stammplatz zu ihren Füßen.

„Paps, telefonierst du jetzt? Ich vermiß ihn so."

Eifrig drängte Peggy: „Wir räumen den Tisch schon allein ab!"

Das Aufräumen der Küche verlief nicht so munter wie an den Tagen davor. Peggy stellte die Teller in die Spülmaschine und steckte Messer und Gabeln in den Besteckkorb. Verwundert schüttelte sie den Kopf. Das bißchen Geschirr lohnte sich kaum.

„Mensch, das dauert vielleicht, bis die voll ist."

Daniela, damit beschäftigt, den Herd sauberzumachen, hob den Kopf. „Wir sind eben eine Schrumpffamilie. Sonst muß man sie nach jeder Mahlzeit anstellen."

„Nach zweien", verbesserte Peggy.

An jedem anderen Tag hätte das zu einer Diskussion

geführt. Doch dazu war Daniela nicht aufgelegt. Sie hatte Heimweh nach Mam und den beiden Schwestern – mehr, als sie sagen konnte. Nun, wo sie befürchtete, dem Hund könnte etwas zugestoßen sein, sehnte sie die drei richtig herbei.

„Ich wünschte, Mam wäre schon wieder da", sagte sie.

Peggy ahnte, was in ihr vorging. Doch ein Trost wollte ihr nicht einfallen.

„Rolf wird sicher auftauchen. Heute nachmittag jedenfalls war er noch quicklebendig. Da hat er gebellt wie sonstwas."

„Warum bloß?"

„Das kann bei ihm alle möglichen Gründe haben." Peggy trocknete sich die Hände ab. „Ich hab mal gesehen, wie er seinen eigenen Schwanz angebellt hat. Und der ist kurz genug."

In diesem Moment kam Hanno zurück. Daniela sah ihn mit ihren grünen Augen voll banger Erwartung an.

Peggy fragte: „Nun, Paps?"

„Ich habe Doktor Zander angerufen. Er hat sich bei seinen Kollegen erkundigt. Ein verletzter Hund, der aussah wie Rolf, ist von keinem behandelt worden. Dann habe ich noch das Tierheim angerufen."

„Und?" Peggy legte den Arm um die Schwester.

„Nichts. Auch dort keine Spur von Rolf."

Ein böser Verdacht

Mitten in der Nacht wachte Peggy auf. Was sie geweckt hatte, wußte sie nicht. Und am liebsten wäre sie sofort wieder eingeschlafen, so benommen vor Müdigkeit fühlte sie sich.

Es war abends spät geworden. Sie hatte mit der unglücklichen Dan keinen leichten Stand gehabt. Zuerst hatte die Schwester überhaupt nicht ins Bett gewollt.

„Wenn Rolf nun doch noch kommt?"

„Der macht sich schon bemerkbar, keine Angst", hatte Peggy mehr als einmal gesagt.

Als sie sich dann endlich hinlegten, hatte es eine ganze Weile gedauert, bis Dan einschlafen konnte. Peggy, die für die Zeit der Italienreise in Marias Bett umgezogen war, wurde immer wieder hochgeschreckt. Dan hatte alle möglichen Gründe, warum der Hund verschwunden war, diskutieren wollen.

Schließlich war Peggy energisch geworden: „Du mußt jetzt schlafen. Sonst bist du halb tot morgen, und wenn Rolf dann wieder da ist und mit dir spielen will…"

Das hatte gewirkt. Wenig später war Peggy eingeschlafen. Nun war sie wieder wach geworden und wußte nicht, warum. Hatte vielleicht der Hund gebellt? Sie lauschte.

Aber es war alles wie sonst. Das Knistern der Balken.

Hin und wieder ein kurzes Blubbern in der Wasserleitung. Der Wind rauschte herbstlich in den Blättern. Während Peggy sich auf die Seite wälzte, sah sie Daniela am offenen Fenster sitzen.

„Sag mal, spinnst du, das ist zu kalt."

Daniela rührte sich nicht. Sie wendete nicht einmal den Kopf.

„Ich habe ja einen Pullover drüber", sagte sie.

Obwohl ihr Bett so kuschelig warm war, schlug Peggy die Decke zurück. Sie griff nach der dicken Strickjacke.

„Was ist los, Dan?"

„Ach, ich weiß nicht." Daniela legte ihren Kopf auf die Knie. „Ich konnte einfach nicht mehr schlafen. Aber es ist nicht nur wegen Rolf. Mir gehen tausend Dinge im Kopf herum."

Peggy antwortete darauf nichts. Ihr war klar, wenn Dan ihr mehr erzählen wollte, würde sie es von allein tun. Außerdem wußte sie, daß es manchmal furchtbar schwer war, die richtigen Worte zu finden für das, was einen bewegte. So legte sie der Schwester nur die Hand auf den Rücken.

Das brachte zwar Daniela nicht sofort zum Reden, aber ihr selbst wurde etwas wärmer. Denn trotz der Strickjacke war es kalt. Jedenfalls kam es ihr so vor, wenn sie in die Dunkelheit hinausschaute. Die Weide reckte ihre schwarzen Zweige, die schon licht geworden waren. Am Himmel zogen eilige Wolken vorüber, die keinem Stern eine Chance ließen.

Unterm Dach knackte das Holz. Sie hörte ein feines

„Plop", als ein Tropfen auf die Scheibe schlug.

„Findest du nicht auch, daß man alle Geräusche viel lauter hört? Sonst ist mir das nie so aufgefallen." Daniela zog die Beine zurück und schwang sich von der Fensterbank. „Wahrscheinlich kommt das davon, daß das Haus viel leerer ist."

Instinktiv erfaßte Peggy, was die Schwester meinte. „Es kommt uns nur so vor, weil Mam und die anderen nicht da sind."

„Ja, daran liegt's wohl." Daniela machte das Fenster zu. Aber sie mochte sich noch nicht davon trennen. Die Tropfen waren mehr geworden.

„Vermißt du Mam?" fragte sie.

„Und wie", antwortete Peggy. „Wenn wir wenigstens Schule hätten, dann merkte man es nicht so. Aber gerade jetzt, wo Ferien sind. Das beste wäre gewesen, wir hätten alle mitfahren können."

Mit dem Finger zeichnete Daniela die Spur eines Regentropfens nach, verfolgte ihn, bis er sich unten am Fensterrahmen auflöste. Da gab es etwas, das sie beschäftigte und ihr zu denken gab. Vielleicht war das jetzt der richtige Moment, darüber zu sprechen. Peggy, die vor gar nicht langer Zeit ihr Herz an den blonden Per in Dänemark verloren hatte, würde sie verstehen.

„Weißt du, damals als Norman wieder nach Hause mußte, habe ich gedacht, das wäre das allerschlimmste. Der Abschied war so schrecklich. Ich wußte ja, daß ich ihn nicht so bald wiedersehen würde. Ich habe geheult und dachte, die Welt geht unter."

„Ich weiß, wie das ist." Peggy lehnte ihren Kopf gegen den der Schwester. Sie standen nun so nah beieinander, daß sie ganz leise sprechen konnten, gerade laut genug für solche Geheimnisse.

„Was ich nicht verstehe", fuhr Daniela fort, „seit Mam mit Gaby und Maria verreist ist, denke ich, das ist alles noch schlimmer. Ich glaube, ich bin erst wieder richtig froh, wenn sie zurück sind."

Wenn Peggy ehrlich war, ging ihr das anders. Natürlich war es in Buchenloh viel schöner, wenn die Mutter und die Schwestern hier waren. Aber sie genoß trotzdem die Zeit mit Paps. Da hatte sie den Vater fast ganz für sich, brauchte ihn nur mit Dan zu teilen.

Sie hatte den Eindruck, er habe viel mehr Zeit für sie. Wenn sie mit der Idee für eine Skizze zu ihm kam, diskutierten sie lange darüber. Sogar als sie daranging, sich eine Bluse nach einem Entwurf zu nähen, und Probleme auftauchten, hatte er geduldig alle Möglichkeiten mit ihr erwogen.

Dan schien das anders zu empfinden, und Peggy überlegte. Es lag vielleicht daran, daß die Schwester diesen mutterlosen Zustand über Jahre gekannt hatte, als sie kleiner war und noch nicht bei Waldmanns gelebt hatte.

Vorsichtig sagte sie: „Komm, es dauert doch gar nicht mehr lange. Was sind schon zehn Tage?"

„Stimmt, und zwei davon sind schon um." Daniela lächelte. „Wenn nun noch Rolf morgen wieder da ist."

„Das ist er bestimmt", behauptete Peggy.

Aber so sicher, wie sie tat, war sie sich darüber nicht. Sie hatte ein ungutes Gefühl. Rolf war noch nie weggelaufen. Er war kein Hund, der hinter Wild herjagte und darüber alles andere vergaß. Es war etwas passiert. Aber was, das konnte sie sich beim besten Willen nicht vorstellen.

Ihr Gefühl hatte Peggy nicht betrogen. Am nächsten Morgen war Rolf noch nicht wieder aufgetaucht.

„Verstehst du das, Paps?" Daniela sah den Vater an, als könne er den Hund auf der Stelle herbeischaffen.

Da Hanno Waldmann das nicht konnte, nahm er seine Tochter in den Arm. Ausgerechnet jetzt, wo Corinna nicht da ist, dachte er. Das hat mir gerade noch gefehlt. Wie soll ich Dan trösten, wenn der Hund, aus was für Gründen auch immer, weg ist?

Aber das, was möglich war, wollte er tun. Sie mußten vielleicht nur den Umkreis erweitern, in dem sie suchten.

„Paß auf, heute morgen fahren wir die Straße ein ganzes Stück entlang und sehen nach. Peggy und du, ihr könnt noch einmal im Wald und im Naturschutzgebiet nachsehen. Eine andere Möglichkeit, die wir in Betracht ziehen müssen, er kann in eine Falle geraten sein oder sich sonstwie verletzt haben. Wenn wir ihn nicht finden, fahren wir heute nachmittag in die Stadt und erkundigen uns dort."

So war der Vormittag ausgefüllt. Zuerst versorgten die drei die Tiere, brachten den Zwergesel Max und die Stute Mara auf die Weide. Die Gänse und Hühner wurden nach draußen gelassen. Während Peggy die Katzen fütterte und Panda seine besondere Streicheleinheit zukommen ließ, widmete sich Daniela Pulciano, Marias Wellensittich, ausgiebiger als an den Tagen davor. Trotzdem hackte der Vogel nach ihrem Finger.

„Er ist beleidigt, daß Maria weggefahren ist", stellte sie fest. „An mich kann er sich nicht gewöhnen. Er frißt auch weniger."

„Solange er überhaupt frißt, geht's ja." Peggy striegelte Panda mit der Bürste, daß der schwarzweiße Kater behaglich schnurrte. Nur wenn sie an den empfindlicheren Bauch kam, hob er die Tatze und fuhr die Krallen aus.

„Wo ist Paps?" fragte Daniela.

„Er treibt die Schafe und die Ziege nach hinten."

„Hast du schon die Meerschweinchen und die Kaninchen gefüttert?"

„Das wollte Paps tun."

„Fein, dann können wir losziehen." Daniela nahm ihren Anorak vom Haken. „Kommst du?"

Zwei Stunden lang durchstreiften Peggy und Daniela das Naturschutzgebiet und das kleine Waldstück, das zu Buchenloh gehörte und in das Landschaftsschutzgebiet überging. Sie riefen und pfiffen. Sie kletterten auf Hochsitze und auf Bäume, um besser sehen zu können. Sie gingen Reihe für Reihe die Schonungen ab. Weder der kalte Wind noch die nassen Schuhe konnten sie abhalten.

Es war allerhand, was sie fanden: einen toten Hasen, eine Plastiktüte, die jemand achtlos am Wegrand hatte fallenlassen, eine zerstörte Futterkrippe für das Wild. Aber Rolf fanden sie nicht.

Hannos Freund, Paul Zimmer, hatte Verständnis und lieh ihnen seinen Wagen. Obwohl sie die Straße im

Schrittempo kilometerweit abfuhren, brachte das keinen Erfolg. Peggy und Daniela saßen hinten im Auto und ließen die Begrenzung nicht aus den Augen, die Kilometersteine, den Straßengraben, die Büsche und Grashöcker.

Schließlich blieb ihnen nichts anderes übrig, als umzukehren.

„Es tut mir leid." Hanno griff nach hinten und tätschelte Danielas Hand. Das Gesicht, das er im Rückspiegel sehen konnte, bedrückte ihn.

Blaß und schmal sah seine Tochter aus, wieder ganz wie ein kleines Mädchen. Die grünen Augen wirkten dunkler als sonst und waren kummervoll aufgerissen. Sie schimmerten verdächtig. Mädchentränen, da fühlte er sich als Vater ohnehin hilflos.

Er wäre am liebsten losgelaufen und hätte Daniela einen neuen Hund gekauft. Doch er wußte, das war keine Lösung. Wie er Dan kannte, würde sie wissen wollen, was mit Rolf geschehen war.

„Vielleicht erfahren wir ja in der Stadt etwas."

Diesmal sollte Hanno recht behalten. Aber das, was sie in der Stadt hörten, vergrößerte Danielas Kummer nur und sorgte bei Peggy für hellste Empörung. Es war Ralf Denkhaus, der ihnen die Neuigkeit erzählte. Sie trafen ihn vor der Praxis des Tierarztes.

„Mensch, Ralf, was machst du denn hier?"

Peggy traute ihren Augen nicht. Aber es war Ralf, braungebrannt, das Haar von der Sonne aufgehellt. Sein Gesicht zeigte deutlich die Freude, sie alle zu sehen.

„Fein, euch wiederzusehen!"

Doch damit stieß er bei Peggy zunächst auf Ablehnung. Das hatte er sich so gedacht. Monatelang hatte er der armen Gaby keinen Brief mehr geschrieben, nichts von sich hören lassen. Und jetzt kam er einfach daher, sah einen mit seinen grauen Augen an und lachte, als sei nichts geschehen. Jetzt, wo Gaby verreist war. Das war die Höhe!

Als Hanno die eisige Miene Peggys sah, unterdrückte er mit Mühe ein Lächeln. Genau wie sie dachte er zuerst an Gaby, als der junge Mann so unerwartet vor ihm stand. Daß Ralf in der Stadt war, ausgerechnet während die Tochter mit Corinna durch die Toskana reiste, würde ihr sicher einigen Herzenskummer bringen. Aber er war sicher, daß er die Situation durch Freundlichkeit meistern konnte.

„Guten Tag, Ralf, das ist ja eine Überraschung, Sie hier zu treffen. Wir hatten Sie schon viel früher erwartet. Doktor Zander meinte, Sie kämen schon im Sommer."

„Ja, wußten Sie das denn nicht? Ich hatte die große Chance, in einem Wildreservat in Afrika einige Erfahrungen zu sammeln. Das muß Ihnen Gaby doch erzählt haben."

Peggy, die genau verfolgte, was da verhandelt wurde, stellte kühl fest: „Gaby hat nichts erzählt, weil sie davon nichts wußte."

„Hat sie denn meinen Brief nicht erhalten?"

„Was? Du hast ihr geschrieben?"

Das änderte alles. Strahlend sah Peggy zu ihm hoch. Am liebsten hätte sie der Schwester auf der Stelle davon berichtet, sie wissen lassen, daß ihr Kummer grundlos gewesen war: Ralf hatte Gaby nicht vergessen. Doch das ging nicht, Italien war weit, ein Brief würde ein paar Tage dauern. Trotzdem war Peggy froh. Sie stieß Daniela mit dem Ellbogen an.

„Was ist?" In Gedanken nur mit dem Hund beschäftigt, schaute Daniela auf.

„Ralf hat Gaby aus Afrika geschrieben; der blöde Brief ist bloß nicht angekommen."

Das lenkte Daniela für kurze Zeit ab. Sie konnte ermessen, was diese Nachricht für Gaby bedeutete. Außerdem klang Afrika in ihren Ohren sehr aufregend; sie hatte erst vor einigen Tagen in der Bücherei ein Buch über Wildreservate ausgeliehen.

„Wo genau bist du da gewesen?" wollte sie wissen.

Bevor Ralf antworten konnte, machte Hanno einen Vorschlag. „Haben Sie Zeit, Ralf? Dann könnten wir dort drüben in dem kleinen Café etwas trinken, und Sie erzählen uns von Ihrer Reise."

Damit waren alle einverstanden, selbst Daniela. Sie brannte zwar darauf, etwas über Rolf zu erfahren. Doch vielleicht wußte da Gabys Freund ebenfalls Näheres.

Das Café war von innen gemütlicher, als es von außen aussah. Runde Marmortische mit weißen Sesselchen davor, viele Pflanzen und Blumen dazwischen, in der Mitte ein großes Aquarium.

„Sieh doch bloß mal den fetten Goldfisch!" Peggy klopfte gegen das Glas, bevor sie sich setzte.

„Was wollt ihr trinken?" fragte Hanno.

Während Ralf und Peggy nach der Karte griffen, kam Danielas Antwort wie aus der Pistole geschossen: „Einen Cappuccino, wenn ich darf. Es ist so grau und kalt draußen. Dann kann ich an Mam denken und an Gaby und Maria. Vielleicht wird mir davon wärmer."

Jetzt wollte Peggy auch einen Cappuccino. Ralf entschied sich für einen Tee, für sich bestellte Hanno eine heiße Zitrone.

Als die Serviererin die Tassen mit der hochgeschäumten Milch auf den Tisch setzte, fragte Ralf: „Was hat das mit Gaby zu tun? Ist sie nicht zu Hause?"

Peggy war gespannt, wie er reagieren würde, wenn er hörte, daß Gaby in Italien war. Auf jede kleinste Regung in seinem Gesicht kam es an.

„Gaby ist mit Mam in die Toskana gefahren."

Genau wie Peggy war Hanno Waldmann in diesem Moment ein aufmerksamer Beobachter. Es amüsierte ihn, wie eifrig sich Peggy für die Interessen der Schwester einsetzte. Zuerst die kühle Begrüßung, weil sie glaubte, auf Ralf böse sein zu müssen. Dann die sichtliche Freude, als Peggy von dem Brief erfuhr. Nun saß sie da und ließ Ralf nicht aus den Augen. Und sicher entging ihr nicht die Enttäuschung, die sich auf dem Gesicht des jungen Mannes andeutete. Das muß ich Corinna schildern, dachte Hanno, sie wird sich freuen.

„Wann kommt sie wieder?" erkundigte sich Ralf.

„Sie sind ja gerade erst gefahren. Nächste Woche Sonntag." Nicht weniger interessiert als Peggy studierte Daniela sein Gesicht. Und als Ralf unwillkürlich die Stirn runzelte, nickte sie befriedigt. Das war in Ordnung, Gaby konnte sich freuen. „Aber jetzt erzähl mal, wo du warst."

„In Hluhluwe. Das ist ein Wildreservat im nördlichen Zululand, wo es vor allem Nashörner gibt. Mein Onkel hat mir die Stelle besorgt."

Nashörner! Das fanden die beiden Schwestern und Hanno gleichermaßen aufregend. Sie stellten Fragen über Fragen und wollten alles ganz genau wissen. Bei manchen Sachen mußte selbst der informierte Ralf passen.

„Nashörner in freier Wildbahn würde ich gern einmal sehen." Daniela sprach einen Wunsch aus, den sie schon beim Lesen des Buches über Wildreservate gehabt hatte. „Es gibt schwarze und weiße. Sag, Ralf, hast du auch ein weißes gesehen?"

Ralf nickte. „So wortwörtlich darfst du das nicht nehmen. Sie sind gar nicht weiß. Im Gegensatz zum ‚black rhino', das ein spitzes Maul hat, ist ihres breit. Das heißt im Englischen ‚wide'. Daraus ist ‚white' geworden, damit es besser zu black paßt."

„Und haben die da genug Platz?" Peggy, die sich ein Wildreservat nicht genau vorstellen konnte, befürchtete, daß diese großen Tiere zu wenig Auslauf hatten. „Mir scheint das nicht viel besser als ein Zoo."

„Zweihundertdreißig Quadratkilometer reichen sicher. Ohne die Reservate gäbe es vermutlich keine Nashörner mehr. Sie sind ziemlich gejagt worden, weil man hinter ihrem Horn her war." Ralfs graue Augen blitzten. Er konnte den engagierten Tierschützer nicht verleugnen.

Nachdenklich betrachtete Hanno ihn. Er verstand auf

einmal, was Gaby und diesen jungen Mann, der immerhin sechs Jahre älter als seine Tochter war, verband.

„Aber hier ist es nicht besser", fuhr Ralf fort. „Gerade heute haben wir erfahren, daß ein Tierfänger sein Unwesen treibt."

„Ein Tierfänger?" empörte sich Peggy.

„Ja, er hat es vor allem auf Hunde und Katzen abgesehen. Wir haben schon etliche Anrufe bekommen. Die Polizei ist eingeschaltet worden. Aber bisher konnte sie nichts ausrichten."

Das Wort Hunde wirkte auf Daniela wie ein Signal. Jemand, der Haustiere einfing, um sie an Labors zu verkaufen, schien ihr gerade jetzt, wo Rolf weggelaufen war, der schlimmste Tierquäler. Der Gedanke, daß ihr Hund einem Tierfänger zum Opfer gefallen sein könnte, kam ihr nicht.

„Kann man denn nichts dagegen tun?" rief sie aus. Sie war bereit, die Ärmel hochzukrempeln und etwas zu unternehmen.

Nicht viel anders ging es Peggy, doch mit einem Unterschied. Sie ahnte sofort, daß Ralfs Bericht für den von Daniela so heiß geliebten Hund ein schlimmes Schicksal bedeutete. Denn wenn die Tierfänger tatsächlich in der Stadt waren, konnten sie in Buchenloh ebenfalls gewesen sein. Mit angstvollen Augen sah sie zu Hanno hinüber.

„Besteht eine Chance, ihnen das Handwerk zu legen?" fragte dieser vorsichtig.

Ralf schüttelte den Kopf. „Das wird schwer sein. Sie haben sich diesmal einen besonders bösartigen Trick ausgedacht. Sie sind bei den Leuten zuerst als Hausierer aufgetaucht, um zu erfahren, ob sie Tiere..."

„Was?"

Entsetzt starrte Daniela Ralf an. Auch in Buchenloh hatten Hausierer an der Tür geklingelt. Vor genau drei Tagen. Sie erinnerte sich, wie verwundert Paps gewesen war: ‚Daß sich das lohnt, hier, außerhalb der Stadt.' Rolf, der immer freundliche, pfiffige Hund, hatte die Hausierer nicht gemocht. So laut und wütend hatte er selten gebellt. Und dann gestern nachmittag! Da hatte Rolf genauso gebellt. Danach war er nicht mehr gesehen worden.

„Paps! Wenn sie Rolf haben, dann..." Daniela brach in Tränen aus.

Es fiel Hanno schwer, ein Wort des Trostes für seine Töchter, besonders aber für Daniela, zu finden. Er war nur froh, daß sie genau wie Ralf entschlossen zu sein schienen, etwas gegen die Tierfänger zu unternehmen. Trotzdem saßen sie trübsinnig hinten im Auto.

So war er erleichtert, daß sie zu Hause die erste Ansichtskarte von Corinna und den beiden Mädchen vorfanden, die hellauf begeistert von ihrem Italienaufenthalt berichteten. Vielleicht half das.

Doch Daniela sagte bloß: „Ich bin froh, daß ich nicht mitgefahren bin. Stell dir vor, das mit Rolf wäre passiert, und ich wäre im Urlaub gewesen."

Rezepte und Rivalitäten

„Mamma mia, uns geht's gut." Maria sah sich in dem Hotelzimmer um. Die hellen Möbel mit den bäuerlichen Motiven gefielen ihr. Passend dazu lag auf den drei Betten eine Tagesdecke. Lange Vorhänge, von der Decke bis zum Boden reichend, schirmten sie vor neugierigen Blicken ab. „Wenn jetzt noch Peggy und Dan hier wären und Paps..."

„Stimmt", bestätigte Gaby, „das wäre das Allerbeste. Wir haben so lange nichts von ihnen gehört. Und mit Briefen können wir nicht rechnen."

Mit verständnisvollem Lächeln hörte Corinna Waldmann, die vor dem Spiegel ihr Haar bürstete, zu. Ihr ging es wie den beiden Mädchen. So beeindruckend Italien bisher gewesen war, sie vermißte die andere Hälfte der Familie doch sehr.

„Wißt ihr was? Wir werden heute abend in Buchenloh anrufen. Das wird unsere Neugier am ehesten und schnellsten befriedigen."

„Au, Mam, das ist prima." Gaby legte ihr den Arm um die Schulter.

Das Spiegelbild warf ein hübsches Bild zurück. Obwohl Gaby das Haar länger und hinten zu einem Schwanz zusammengebunden trug, war die Ähnlichkeit groß. Das kam vor allem, weil sie beide die gleichen strahlend blauen Augen hatten.

„Paps wird wissen wollen, wie es mit deinen Rezepten läuft. Bist du denn zufrieden mit dem, was du bisher erreicht hast?"

„Sehr", behauptete Corinna, „aber das erkläre ich euch lieber unten auf dem Platz. Ich muß noch eine halbe Stunde Schularbeiten machen, bevor es losgeht."

Der dreieckige Platz vorm Hotel war zugleich das Zentrum von San Gimignano, der kleinen italienischen Stadt, in der sie für die nächsten drei Tage bleiben wollten. Es war ein besonders schöner Platz, von alten und sorgfältig restaurierten Häusern unterschiedlicher Höhe umgeben. Nach Süden hin verließ man ihn durch einen Torbogen, nach Norden hin führte ein Durchgang zum Domplatz. In der Mitte gab es einen alten Ziehbrunnen.

Corinna steuerte auf eins der beiden Cafés zu, deren Tische einfach auf den Platz gestellt worden waren. „Was haltet ihr hiervon?"

„Aber einen Tisch in der ersten Reihe bitte", wünschte sich Maria.

Obwohl es von Touristen wimmelte, gelang es ihnen, den begehrten Platz zu ergattern. Als der Kellner kam, bestellte Maria zwei Eis und einen Cappuccino für Corinna.

Das Verhandeln in den Hotels und Restaurants hatte Corinna Waldmann immer vertrauensvoll ihrer Jüngsten überlassen. Bisher war sie nie enttäuscht worden. Auch jetzt wunderte sie sich wieder, wie geläufig Maria mit dem Kellner sprach. Sie hatte offensichtlich im letzten Winter, als sie vorhatte, nach Sizilien zu fahren, viel Italienisch gelernt. Aber es war nicht nur das. Es schien Maria nicht schwerzufallen, das Gelernte anzubringen. Sogar ihre Gestik war anders; ihre Hände unterstrichen, was sie sagte, und alle Einheimischen erkannten in ihr sofort die Italienerin.

Corinna schlug die dicke Kladde auf und überflog ihre Notizen. Nur mit halbem Ohr hörte sie den Töchtern zu.

„Wie findest du es hier?" fragte Maria, nachdem das Eis gekommen war.

„Ganz gut." Gaby behielt den Löffel nach dem ersten Kosten länger als nötig im Mund. Sie beobachtete, wie eine neue Gruppe von Touristen durch den Torbogen kam. Die Leiterin blieb stehen, wies nach oben und erklärte etwas. Kaum einer hörte zu. Die meisten drängten zu dem Andenkenladen, an dessen Mauern eine Vielzahl von buntbemalten Tellern hingen.

„Wenn es bloß nicht so voll wäre."

„Ja, die vielen Menschen sind schrecklich", pflichtete Maria ihr bei. „Aber die Häuser sind schön."

„Mir gefällt am besten das Hotel, weil es grün bewachsen ist." Gaby löffelte weiter. „Außerdem klingt das so hübsch: La Cisterna. Ob das was mit Sternen zu tun hat?"

Maria warf ihre schwarzen Locken zurück und lachte. „Na, du bist gut. Es hat nichts mit Sternen zu tun, sondern mit dem da."

„Mit dem Brunnen?" fragte Gaby.

„Si, si, Brunnen heißt auf italienisch cisterna."

„Wirklich?"

Auf einmal fand Gaby das Hotel gar nicht mehr so

schön. Das lag nicht an dem Haus und nicht an dem von Tauben bevölkerten Brunnen. Es kam daher, daß die kleine Schwester wieder einmal alles besser wußte. Das war hier in Italien schon häufiger passiert. Maria verständigte sich mit den Menschen, Maria konnte die Namen der Städte und Ortschaften richtig aussprechen, Maria fragte nach dem Weg oder nach den Rezepten für Mam.

Dagegen fühlte Gaby sich unbeholfen und hilflos. Und auch ein bißchen gekränkt, weil sie doch zwei Jahre älter als die Schwester war. Sie seufzte. Seltsam, Mam schien das nichts auszumachen. Im Gegenteil, sie war wohl stolz darauf, daß Maria hier in Italien so gut zurechtkam.

Dabei machte sich Gaby immer wieder eins klar: Ein Wunder war es nicht, daß Maria das alles konnte. Schließlich war sie Italienerin, auch wenn sie in Deutschland aufgewachsen war. Und sie hatte tatsächlich fleißig die Sprache gelernt und kannte jetzt viele Redewendungen, Sätze und unglaublich viele Vokabeln. Und natürlich war die kleine Schwester überhaupt an Italien und allem, was damit zusammenhing, viel mehr interessiert als sie.

Trotzdem, ein kleiner Stachel blieb. Jedenfalls bemühte sich Gaby nicht mehr, einzelne Wörter aufzuschnappen, wie ganz zu Beginn der Reise.

Sie beugte sich zu Corinna hinüber. „Du wolltest uns von deinen Fortschritten erzählen."

Zu beschäftigt mit ihrem eigenen Kram, entgingen Corinna die Nöte ihrer Ältesten. Sie freute sich über das Interesse, das ihr entgegengebracht wurde.

„Nun ja, im Moment sieht es ganz gut aus", erklärte sie

stolz. „Daß wir am Comer See, in Nesso, das Glück hatten, ein einheimisches Gericht vorgesetzt zu bekommen, war natürlich ein besonderer Glücksfall."

„Du meinst...", begann Gaby. Das Wort hatte sie sich nämlich gemerkt, obwohl es schwer auszusprechen war. Das Essen hatte einfach toll geschmeckt.

Doch weiter kam sie nicht. Maria war schneller. „Pizzoccheri."

Gaby warf der kleinen Schwester einen vernichtenden Blick zu. „Du quatschst dauernd dazwischen."

„Ich dachte, du hättest es vielleicht vergessen." Maria hob die Schultern. Sie war durch den groben Ton sichtlich gekränkt.

„Meinst du, ich bin blöd?"

Jetzt bemerkte Corinna die unausgesprochene Spannung zwischen den Schwestern. Sie hatte im ersten Impuls Gaby zurechtweisen wollen. Doch nun hielt sie sich zurück. Es war vielleicht besser, zu einem anderen Zeitpunkt in Ruhe mit Gaby und Maria darüber zu reden.

„Wir werden zu Hause eine Menge neuer Gerichte kochen müssen", meinte sie leichthin.

„Auch Pizzoccheri?" fragte Gaby. Das Wort kam ihr mühelos über die Lippen. „Kann ich noch einmal das Rezept sehen?"

Corinna reichte ihr die Kladde. Während Gaby sich in die Angaben der Zutaten vertiefte, rückte Maria mit ihrem Stuhl näher und sah ihr über die Schulter.

„Pizzoccheri (als fertige Nudeln oder selbstgemacht aus Buchweizenmehl) – Kartoffeln in Würfel geschnitten in gleicher Menge – 500 g Weißkohl – 150 g Butter – Knoblauch – Salbei – 250 g geriebener Käse (Pecorino oder anderen beliebigen) – schwarzer Pfeffer, frisch gemahlen."

„Daß Nudeln und Kartoffeln so gut zusammen schmekken, hätte ich mir nie vorstellen können, Mam", sagte Gaby.

„Um ehrlich zu sein, ich mir auch nicht." Corinna trank ihren letzten Schluck Kaffee.

„Wieviel Nudeln und Kartoffeln, Mam?" fragte jetzt Maria. „Überall hast du es dazugeschrieben, nur hier nicht."

Sofort zückte Corinna den Bleistift. „Vierhundert Gramm müssen es sein, wenn ich mich recht entsinne."

„Dann ist das Rezept jetzt fertig?" Befriedigt betrachtete Maria die ergänzten Notizen. Sie freute sich darauf, daß Mam alle Gerichte zu Hause nachkochen wollte.

Corinna lachte. „Du liebe Zeit, nein, das wäre zu einfach. Es fehlt ja noch der Text für die Zubereitung. Das hört sich dann ungefähr so an: Man lasse den feingeschnittenen Weißkohl und die Kartoffelwürfel in kochendem Salzwasser fünfzehn Minuten kochen. Dann gebe man die Nudeln dazu und koche sie, bis sie al dente sind, was soviel heißt wie bißfest. Nun schütte man das Ganze auf ein Sieb und lasse es abtropfen."

„Hör auf", stöhnte Gaby, „da kriegt man ja Hunger."

„Nein, weiter", feuerte Maria die Mutter an, „jetzt kommt erst das Beste."

„Also gut: Man zerlasse die Butter in einer kleinen Pfanne und gebe Knoblauch und kleingehackte Salbei dazu. In einer vorgewärmten Schüssel wird nun die Nudel-Kartoffel-Kohl-Masse mit dem Käse vermischt. Zum Schluß wird die ausgelassene Butter mit dem Knoblauch und der Salbei darübergegossen."

„Guten Appetit", meinte Maria, als Corinna fertig war.

Aber Gaby schwieg nachdenklich. Sie erkannte plötzlich, daß der Mutter noch eine Menge Arbeit bevorstand. Zu jedem Rezept mußte ein solcher Text formuliert werden. Das war gar nicht so einfach, wenn er leicht verständlich sein sollte.

„Nun, Gaby, nicht einverstanden?" erkundigte sich Corinna.

„Doch, doch, Hauptsache, du machst es so, daß jeder danach kochen kann. Manchmal ist es in Kochbüchern nämlich so ausgedrückt, daß man gar nicht weiß, was gemeint ist."

„Bei mir wird das anders, das verspreche ich dir." Corinna winkte dem Kellner. „Doch jetzt sollten wir uns auf den Weg machen. Wir wollen ja heute noch San Gimignano kennenlernen."

Maria sprang auf. „Ich nehme nur einen Pullover mit. Ich glaube, das reicht."

In weniger als einer Viertelstunde waren sie gerüstet. Da die Sonne warm vom Himmel schien, brauchten sie nicht einmal die Pullover anzuziehen. Sie steckten sie zusammen mit Keksen und Äpfeln in den kleinen Rucksack, den Gaby sich auf den Rücken setzte.

Maria hatte Fleißarbeit geleistet und die Streckenbeschreibung aus dem Wanderführer abgeschrieben. „Das ist viel praktischer. Dann brauchen wir nicht das Buch mitzuschleppen."

So mußte sie die Führung übernehmen. „Dort entlang geht's, durch den Torbogen."

Die Straße, die bis zum Stadttor führte, war nicht sehr breit und hatte keinen Bürgersteig. Das Pendeln von einer Seite zur anderen, um in die Auslagen zu sehen, machte Spaß. Da gab es Wildschweinsalami mit Schwanz, kleine, etruskische Bronzefiguren und bunt bemalte Teller. Langsam und gemächlich traten die Passanten beiseite, als ein Auto durchs Stadttor kam.

„Daß es hier kaum Autos gibt, ist das beste", stellte Gaby fest.

„Ja, das gefällt mir auch." Corinna Waldmann nickte. „Zuerst ist man verblüfft, wenn es heißt, man soll das Auto vor der Stadtmauer stehenlassen. Aber wenn man sich in der Stadt bewegt, ist das sehr angenehm. Nur die Bewohner dürfen Autos hereinbringen."

Doch schon bald hatten die drei Wanderer die Stadt hinter sich gelassen. Bergab ging's, zur linken Hand mit einem wunderschönen Blick über die sonnige Landschaft, sanfte Hügel in Braun, Gelb und Silbergrau, deutlich gemustert, da, wo Weinreben oder Oliven angebaut wurden.

Maria strahlte. „Ist das nicht toll? Es sieht aus, als hätten sie Streifen oder Punkte."

„Hoffentlich bleibt der Weg so." Gaby betrachtete die seltsamen grünen Pflanzen am Wegrand, die wie zu klein geratene Tannenbäumchen aussahen. „Lange über eine

Straße zu laufen, dazu habe ich keine Lust."

Sie berührte eine der Pflanzen. Wie Schilf wuchs ein Seitenarm aus dem anderen hervor, war zäh, aber biegsam. „Das sieht aus wie Ackerschachtelhalm, nur daß der viel kleiner ist."

„Ich bin sicher, es ist eine Art von Ackerschachtelhalm", antwortete Corinna. „In diesem Klima gedeiht er eben besser. Vor Tausenden von Jahren war er so groß, daß es richtige Urwälder davon gab."

In die Stille, die über der Landschaft lag und die höchstens einmal durch das ferne Bellen eines Hundes unterbrochen wurde, tönte plötzlich das Hupen eines Autos.

„Müssen wir jetzt etwa doch über eine Straße?" erkundigte sich Gaby.

Eifrig studierte Maria die Wegbeschreibung. Sie kam sich so verantwortlich vor, als habe sie die Strecke nicht nur abgeschrieben, sondern auch ausgesucht. „Ich glaube, nur ein ganz kleines Stück."

Alle drei waren erleichtert, als sie feststellten, daß Maria recht hatte. Der Weg stieß auf eine Straße, die sie nur etwa fünfzig Meter entlanglaufen mußten. Dann bog er hinter einer Brücke nach links wieder in die Felder ab und stieg ziemlich steil bergan.

„Hätte ich mir ja denken können. Alles, was wir runtergegangen sind, müssen wir wieder hoch." Gaby blieb stehen, um eine kleine Verschnaufpause zu machen. Kaum war sie etwas zu Atem gekommen, rief sie begeistert: „Sieh doch bloß mal, Mam!"

Als Corinna in die angegebene Richtung sah, war sie genau wie Gaby überwältigt. Sanfte Hügel zogen sich bis zum Horizont. Einer davon trug auf seiner Kuppe San Gimignano.

Das Besondere an dieser kleinen Stadt waren die Geschlechtertürme, die einzelne Familien in früheren Zeiten gebaut hatten, um sich zu verteidigen und um Macht und Größe zu demonstrieren. Solche Türme gab es noch in anderen Städten, aber so gut erhalten waren sie in keiner. Und vor allem prägten sie nirgendwo das Stadtbild so wie hier.

„O stréga!" Maria wußte ebenfalls nicht, was sie vor lauter Bewunderung sagen sollte. „Geschlechtertürme, das klingt gut. In so einem hätte ich gern gelebt. So etwas gibt es eben nur in Italien."

„Da muß ich dich leider enttäuschen", erwiderte Corinna. „Du kannst sie auch in Deutschand, zum Beispiel in Regensburg, finden."

Mit einem kritischen Blick meinte Gaby: „Es muß doch eine Menge Geld gekostet haben, diese Riesen zu bauen. Glaubst du, San Gimignano war so reich?"

Corinna hatte einiges darüber gelesen und wußte Bescheid. „Aber ja, die Stadt lag an der sogenannten Frankenstraße, dem Hauptverkehrsweg des mittelalterlichen Italien. Alle Händler und Pilger, die von Norden nach Rom wollten, sind über diese Straße gezogen. Einen kleinen Teil dieses Weges haben wir heute selbst benutzt, das Stück Straße bis zum Stadttor gehört dazu."

San Gimignano fast immer im Blickfeld, zogen die drei

Wanderer weiter. Der Weg verlief oberhalb von Weinbergen auf dem Kamm eines langgestreckten Hügelzugs und war an einigen Stellen von Olivenbäumen gesäumt.

„Hast du gewußt, daß grüne und blaue Oliven am selben Baum wachsen?" fragte Maria die Schwester.

Gaby streckte die Hand aus, sah sich vorsichtig um und pflückte eine blaue Frucht ab. Nachdem sie die Olive an ihren Jeans blankpoliert hatte, steckte sie sie in den Mund. Doch kaum hatte sie leicht darauf gebissen, verzog sie angeekelt das Gesicht.

„Pfui Teufel!" Sie spuckte die Olive in hohem Bogen wieder aus.

Aber es nutzte nicht viel. Der bittere Geschmack, der die Lippen zusammenzog und ein taubes Gefühl verursachte, blieb.

„Magst du die nicht?" erkundigte sich Maria. Sie freute sich, der Schwester zu zeigen, daß das bei echten Italienern anders war. Gleich zwei auf einmal schob sie sich in den Mund.

„Halt, Maria!" versuchte Gaby sie zurückzuhalten.

Vergeblich! Maria war nicht zu bremsen. Ihre verächtliche Handbewegung verhinderte, daß Gaby sich mehr ins Zeug legte. Schadenfroh sah sie zu, wie sich Marias Miene veränderte.

Zuerst blitzte es in ihren dunklen Augen triumphierend auf. In der nächsten Sekunde zog sich ihr Mund zusammen, die Augen weiteten sich erschreckt, und sie spuckte wie Gaby das Zeug aus.

„Maledetto!" schrie Maria zwischen Spucken und Wür-

gen, „warum hast du mir das nicht gesagt?"
„Ich wollte ja." Gaby hob die Schultern. Dann lachte sie. „Scheußlich, nicht, ich spüre den Geschmack immer noch. Man kriegt ihn einfach nicht raus."

Ungerührt hatte Corinna diesem schwesterlichen Kampf zugesehen. Sie wußte, es war nicht richtig, sich einzumischen. Diese kleine Rache gönnte sie Gaby, und Maria, die während dieser Reise so häufig überlegen war, weil sie sich verständigen konnte, tat ein kleiner Dämpfer ganz gut.

„Weißt du, Mam, warum sie so bitter sind?" wollte Maria wissen.

„Ich vermute, sie sind noch nicht reif. Ihr seht ja, es sind noch sehr viele ganz grün."

„Dann sind blaue und grüne Oliven gar nicht unterschiedliche Sorten, so wie bei Weintrauben?" staunte Gaby.

„Nein, die Farbe zeigt nur den unterschiedlichen Reifegrad."

Obwohl beide Mädchen die Olive sofort ausgespuckt hatten, war der bittere Geschmack noch auf Zunge und Lippen, als sie längst wieder im Hotel waren. Während sie versuchten, das pelzige Gefühl mit Zahnpasta zu vertreiben, wählte Corinna die Nummer von Buchenloh.

„Du mußt ‚pronto' sagen", gab Maria ihr vom Waschbecken her Anweisungen.

Doch „pronto" war nicht nötig. Man konnte in die Bundesrepublik durchwählen.

„Hanno, mein Lieber", sagte Corinna, als endlich der Hörer abgenommen wurde.

Da vergaßen Gaby und Maria das taube Gefühl im Mund. Sie setzten sich zu Corinna aufs Bett und spitzten die Ohren. Doch das Zuhören war sehr unergiebig. Alles, was die Mutter berichtete, wußten sie selbst: wie die Fahrt verlaufen war, daß sie eine Wanderung gemacht hatten, wie schön San Gimignano ist.

Und mit den Antworten wie „Ach, du liebe Zeit, wie schrecklich!" und „Vielleicht bedeutet das nicht das Schlimmste." und „Ausgerechnet jetzt, wo..." sowie den kurzen „Ja" und „Nein" konnten sie nichts anfangen. Das machte sie nur neugierig.

„Ja, natürlich wollen dich beide sprechen. Bis dann." Corinna reichte Gaby den Hörer.

Mehr als ein kurzer Gruß hin und her wurde es nicht. Erst Gaby, dann Maria, die wohl mit Peggy sprach. Corinna überlegte fieberhaft.

Wie sie Gaby und Maria beibringen sollte, was sie gehört hatte, wußte sie nicht. Genau wie Peggy und Dan würden sich die beiden die Sache mit dem Hund sehr zu Herzen nehmen. Von einem Tierfänger. Selbst sie war bei der Vorstellung entsetzt. Hoffentlich erwies sich der Verdacht als unbegründet. Doch für Gaby gab es etwas, das vielleicht noch schwerer zu verkraften war.

In ihrer offenen und ehrlichen Art nahm Corinna das Schwierigste zuerst in Angriff. „Eine Neuigkeit für dich, Gaby. Ralf ist bei Doktor Zander."

„Was? Ausgerechnet jetzt, wo..." Genau wie Corinna vorher brach Gaby ab.

Sie starrte die Mutter an.

Mit Ralf, aber ohne Gaby

„Ich habe ein schlechtes Gewissen."

Peggy, die dabei war, Mara zu striegeln, hielt inne. Das braune Fell glänzte schon, die schwarze Mähne und der schwarze Schweif waren gekämmt, und der weiße Stern auf der Stirn leuchtete. Dank Peggys Pflege war Mara ein Bild von einem Pferd, eine besonders schöne Trakehnerstute. Gaby würde zufrieden sein.

Obwohl die Stute nur in Buchenloh untergestellt war und eigentlich Jochen gehörte, war sie Gabys Pferd. Wenn die Schwester zu Hause war, kümmerte sie sich darum, versorgte Mara mit Hingabe und ritt sie, damit das Tier genügend Bewegung bekam. So war es kein Wunder, daß Peggy beinahe automatisch an Gaby dachte, während sie mit dem Pferd beschäftigt war.

Und Peggy hatte seit dem Vortag ein ungutes Gefühl. Seit sie Ralf in der Stadt getroffen hatten, machte sie sich Vorwürfe. Es war ihre Schuld, daß Gaby jetzt mit Mam in Italien herumreiste. Sie hatte als erste den Vorschlag gemacht, daß Gaby Mam und Maria begleiten sollte. Peggy seufzte. Vielleicht wäre alles anders gekommen, wenn sie sich zurückgehalten hätte.

Dabei hatte sie es gut gemeint. Eine Reise nach Italien mußte wunderschön sein, und es war nicht leicht gewesen, darauf zu verzichten. Aber für die Schwester war eine Abwechslung einfach wichtiger, das jedenfalls hatte sie, Peggy, gedacht. Die ganze Zeit über hatte Gaby Kummer gehabt, immer darauf gewartet, daß Ralf sein Praktikum bei Doktor Zander machte. Aber er war nicht gekommen, und geschrieben hatte er der Schwester auch nicht.

„Siehst du, deshalb habe ich Gaby vorgeschlagen." Peggy drückte ihren Kopf gegen das weiche Pferdemaul. Mit sanften Lippen begann Mara an ihrem Ohr zu suchen.

„Ich habe es gut gemeint, aber ein schlechtes Gewissen habe ich doch."

„He, was ist denn mit dir los?" Ärmel und Hosenbeine hochgekrempelt, kam Daniela in die Box.

„Ach, es ist wegen Gaby."

Vor der Schwester damit hinterm Berg zu halten war nicht nötig. Dan wußte Bescheid. Ihr war Gabys Kummer nicht entgangen. Außerdem hatte Dan sich wie sie dafür ausgesprochen, daß Gaby mit nach Italien fuhr.

„Du meinst, weil Ralf jetzt hier ist?" Daniela strich sich nachdenklich mit dem Zeigefinger über den Nasenrücken. „Stimmt, das ist zu blöd. Er will nur vierzehn Tage bleiben, weil dann das Semester wieder anfängt. Dann ist er nur noch vier Tage hier, wenn Gaby zurückkommt."

„Vielleicht hätte man es ihr verschweigen sollen", meinte Peggy.

Daniela überlegte kurz. „Das halte ich für keine gute Lösung. Was glaubst du, was sie uns erzählt hätte, wenn sie wiedergekommen wäre! Das hätte sie uns nie verziehen."

„Aber es wird ihr die Italienreise verderben", klagte Peggy. „Und das ist allein meine Schuld."
„Quatsch, ich war doch auch dafür, daß Gaby fährt." Daniela wehrte das Pferdemaul, das begierig an ihrem aufgekrempelten Ärmel zupfte, ab. „Mara, laß das."
Doch das Pferd war nicht davon abzubringen. Immer wieder bog es seinen Hals herunter, schnupperte und suchte. Dabei drängte es Daniela Stück für Stück näher an die Wand.
„Gestern hast du ihr eine Mohrrübe mitgebracht", erinnerte Peggy die Schwester.
„Du dummes Vieh." Daniela lachte und klopfte dem Pferd den Hals. „Die habe ich heute doch hinten in der Hosentasche."
Dann drehte sie sich um. Sehr schnell entdeckte Mara den begehrten Leckerbissen. Sie drängte Daniela noch ein bißchen weiter an die Wand, während ihre Lippen nach der Möhre griffen, die hinten aus der Hosentasche herausschaute.
Kopfschüttelnd sah Peggy zu. „Ich bin gespannt, was Gaby zu dieser Zirkusnummer sagen wird."
„Sie ist bestimmt begeistert", vermutete Daniela. „Das zeigt doch nur, wie intelligent Mara ist, oder etwa nicht?"
Gleich darauf fiel ein Schatten über ihr Gesicht. „Solche Kunststücke habe ich sonst Rolf beigebracht."
Peggy fiel sofort auf, daß die Schwester in der Vergangenheit sprach. Auf einmal wußte sie, den Hund würde sie nie wiedersehen. Das umgeknickte Ohr, der wedelnde kurze Schwanz würden sie nie mehr zum Lachen bringen.

Rolf war ein Opfer der Tierfänger geworden. Davon war Peggy überzeugt. Und für Dan war das noch viel schlimmer.

„Ralf muß jeden Augenblick kommen", tröstete sie die Schwester und sich selbst. „Wir werden sie finden, Dan, und ihnen das Handwerk legen."

„Das will ich auf jeden Fall." Danielas grüne Augen blickten entschlossen. „Aber Paps hat gesagt, wir müssen damit rechnen, daß es für Rolf zu spät ist."

Bevor Peggy etwas antworten konnte, hörten sie das Auto in den Hof fahren. Ein Geräusch, das zumindest Daniela mit ihrem Sinn für alles Technische sofort zuordnen konnte.

„Das ist Doktor Zanders alter Opel."

Die beiden Mädchen strichen Mara zum Abschied über die Schenkel. Dann sausten sie nach draußen.

Es war tatsächlich Ralf. Er hatte für das schwierige Unternehmen schon eine ganze Menge Vorarbeit geleistet. Während Peggy Wasser für Tee aufsetzte, breitete er seine Notizen auf dem Tisch in der Anrichte aus.

„Ich habe zuerst einmal alle Meldungen über verlorengegangene Haustiere zusammengetragen. Vielleicht sagen euch die Straßen mehr als mir. Ich kenne mich nicht so gut aus hier."

„Am besten, wir nehmen einen Stadtplan." Daniela sprang auf. „Ich hole ihn."

Es dauerte eine Weile, bis sie wiederkam. Das lag nicht daran, daß sie den Plan suchen mußte. Nein, sie hatte ihn ziemlich schnell gefunden. Es lag daran, daß Daniela aufgehalten wurde.

Als sie durch den kleinen Flur kam, wo Corinnas schöner alter Spiegel hing, blieb sie plötzlich stehen. Ihr Anblick in dem rötlichbraunen, ovalen Rahmen nahm sie gefangen. Als sie sich jetzt im Spiegel gegenüberstand, überfiel sie ihr Kummer gleich doppelt.

Rolf, dachte sie, und immer wieder Rolf. Was mit ihm passiert war, hatte sie sich schon in allen erdenklichen Szenen ausgemalt. Der Gedanke ließ sie einfach nicht los. Nachts geisterte er durch ihre Träume.

Sie sah den Hund in einem Käfig sitzen, zusammen eingesperrt mit anderen Tieren – Kaninchen, Katzen und Meerschweinchen. Die Tiere duckten sich furchtsam, witterten erschreckt und stießen Töne der Angst aus, fiepten, jaulten, maunzten. Manchmal, so wie jetzt, hörte sie Rolf auch bellen. Laut und wütend kläffte er die Glaskolben und Apparaturen in dem Labor an, an das er verkauft worden war. Rolf wollte zurück nach Buchenloh, zu ihr, da war sich Daniela ganz sicher.

Bestimmt vermißte der Hund sie so wie sie ihn. Sie hatte sich schon dabei ertappt, daß sie beim Essen die Hand unter den Tisch streckte, um ihn zu streicheln. Erst wenn dann keine feuchte Hundeschnauze dagegenstieß, erinnerte sie sich. Er fehlte ihr, wenn sie nach Hause kam und ihr niemand entgegensprang. Sie lauschte nachts oft vergeblich nach dem vertrauten Bellen, das Rolf anschlug, wenn er eine Gefahr witterte.

Daniela fixierte die feinen Sommersprossen auf ihrer Stirn. Hier vor dem Spiegel gestand sie sich ein, was sie bisher nicht hatte wahrhaben wollen. Sie vermißte Rolf auch besonders, weil Norman nicht mehr da war. Der Abschied von ihm lag noch nicht lange zurück, und er war ihr sehr schwer gefallen. Nichts und niemand hatte sie darüber hinwegtrösten können, nur Rolf.

Wenn sie oben in ihrem Bodenwinkel der Schmerz übermannt hatte und sie heulen mußte, war es gut gewesen, Rolf bei sich zu haben. Der Hund hatte sich an sie gedrückt und ihr das Gesicht geleckt. Mam fand das zwar nicht sehr hygienisch. Aber ihr, Daniela, hatte es geholfen. Sie hatte das Gefühl gehabt, Rolf sei der einzige, dem sie so richtig ihr Herz ausschütten konnte.

„Hast du den Plan?"

Wie lange Peggy schon im Türrahmen stand, wußte Daniela nicht. Aber an der behutsamen Frage erkannte sie, daß die Schwester sie wohl beobachtet hatte. Peggy ahnte, was in ihr vorging, und hätte ihr wohl gern geholfen. Das merkte man ihr an. Ihr dunkles Gesicht sah richtig zerknirscht aus.

In der festen Meinung, daß ihr niemand helfen könne, hatte Daniela plötzlich das Gefühl, sie müsse die Schwester trösten. Sie legte Peggy den Arm um die Schulter. „Also, auf geht's."

In der nächsten Viertelstunde waren die beiden Mädchen und Ralf damit beschäftigt, die Meldungen zu sortieren. Dabei tranken sie Apfeltee.

Der Name der Tierbesitzer interessierte sie nicht. Worauf es ihnen ankam, war die Straße. Sie suchten jede, in der ein Tier verloren gemeldet worden war, aus dem Verzeichnis heraus und markierten sie auf dem Plan.

„Beethovenstraße, warte, ich hab's gleich." Daniela blätterte eifrig. „B5."

Sofort suchten Ralf und Peggy das entsprechende Planquadrat. Das war nicht schwer. Schwieriger war es, die Straße darauf zu finden, weil es dort sehr viele schmale Gassen gab.

„Hier!" Gaby tippte mit dem Bleistift auf einen Punkt.

„Rochusstraße", nannte Ralf die nächste Adresse.

Das war für Daniela keine unbekannte Gegend. Sie erinnerte sich sofort. Dort hatte Maria ihre Flugblätter verteilen müssen, und weil sie nicht damit fertig geworden war, hatten Gaby und sie der kleinen Schwester geholfen. Eine tolle Sache war das gewesen, als die ganze Familie sich dafür eingesetzt hatte, daß keine Straße durch Buchenloh und das Naturschutzgebiet gebaut wurde.

Als Daniela keine Anstalten machte, im Verzeichnis nachzusehen, streckte Peggy die Hand aus.

„Laß, ich weiß, wo das ist", hielt Daniela sie zurück. Dann erzählte sie Ralf und Peggy, weshalb ihr die Gegend nicht unbekannt war.

„Du liebe Zeit, weißt du noch, das Kaninchen?" rief Peggy.

Im nächsten Augenblick schlug sie sich mit der Hand auf den Mund. War sie denn von allen guten Geistern verlassen? Wie konnte sie damit herausplatzen, im Beisein von Ralf? Schuldbewußt blickte sie zu dem jungen Mann hinüber.

Doch zum Glück war Ralf viel zu beschäftigt. Er

sortierte die noch übriggebliebenen Adressen und hatte ihren Ausruf wohl überhört. Daniela aber schaute entsetzt hoch.

Peggy atmete erleichtert auf. Sie hatte Gabys Geheimnis nicht verraten. Und eins war sicher, von ihr würde Ralf nie erfahren, daß die Schwester damals ein Kaninchen mit zum Flugblattverteilen genommen hatte. Das war ein guter Vorwand gewesen, um Doktor Zander aufzusuchen und Ralf wiederzusehen. Sie blinzelte Daniela zu und gab ihr zu verstehen, daß sie sich beruhigen konnte. Sie würde jetzt aufpassen.

„Lessingstraße", sagte Ralf.

„Das ist auch da in der Gegend." Peggy deutete mit dem Finger auf die richtige Stelle.

„Hallo, ich sehe schon, ich habe eine gemütliche Stunde verpaßt." Hanno Waldmann stand in der Tür. Er hatte Pläne für einen bestimmten Termin fertig zu zeichnen und sich ziemlich rangehalten. Jetzt lechzte er nach einer Pause und nach einer Tasse Tee.

„Wir arbeiten", hielt ihm Daniela entgegen.

Als sie das abgespannte Gesicht des Vaters sah, winkte sie ihn heran. „Komm, du kriegst natürlich auch eine Tasse."

„Das ist lieb von euch." Hanno setzte sich. „Was macht ihr da?"

Die drei berichteten ihm, was sie vorhatten.

„Verstehst du, wenn wir wissen, wo die Tierfänger bisher gewesen sind, können wir vielleicht feststellen, wo sie in den nächsten Tagen auftauchen." Peggy sah den Vater beifallheischend an.

„Eine gute Idee", stellte Hanno fest. „Es liegt auf der Hand, daß diese Leute immer eine andere Gegend unsicher machen. Aber nehmen wir einmal an, ihr stellt fest, daß sie in einem bestimmten Stadtteil noch nicht waren, was dann?"

Ralf Denkhaus richtete sich auf und sah ihn an. „Darüber haben wir uns schon Gedanken gemacht. Zuerst haben wir an Wachen gedacht. Aber das ist schlecht. Da braucht man zu viele, und außerdem ist es schwierig, wenn wir das rund um die Uhr schaffen wollten."

Nachdem er die erste Tasse leer getrunken hatte, setzte Hanno sie ab. Die Ernsthaftigkeit, mit der Ralf sprach, gefiel ihm. Er hatte viel Verständnis für das Engagement, das hinter seinen Worten spürbar war. Ja, so mußte es sein, wenn man sich für eine Sache einsetzte. In gewisser Weise erinnerte Ralf ihn an Gaby. Wenn es um Tiere ging, konnte seine Tochter ebenso hartnäckig und einsatzbereit sein.

„Wir müssen den Tierfängern eine Falle stellen. Das erscheint mir aussichtsreicher", fuhr Ralf fort. „Ich habe schon jemanden gefunden, der uns seinen Hund zur Verfügung stellen will."

„Davon hast du uns noch gar nichts erzählt", warf Peggy dazwischen. „Das ist ja großartig."

Auch Daniela nickte. Aber ihre Zustimmung war nicht ganz echt. Für ihren Plan brauchten sie zwar ein Tier. Nur damit konnten sie die Tierfänger auf frischer Tat ertappen. Aber daß es gerade ein Hund sein sollte, paßte ihr nicht.

Rolf hätte sie nie für so etwas hergegeben, das war ihr klar.
„Gut, ich verstehe." Hanno wurde der Plan, den die drei hatten, langsam klar. „Aber wenn sie den Hund eingefangen haben, wie wollt ihr dann an die Leute herankommen?"

Seine Frage führte dazu, daß Daniela wieder ganz bei der Sache war. Sie lächelte verschmitzt, und Hanno ahnte, daß die drei noch etwas als Überraschung aufgehoben hatten.

Unwillkürlich drückte sich Daniela näher an ihn heran. „Ach, weißt du, Paps, wir haben eigentlich mit deiner Hilfe gerechnet."

Als Fachmann für alles Technische erläuterte sie ihm nun den Plan in allen Einzelheiten. Hanno überlegte, verwies auf Schwierigkeiten und mögliche Gefahren. Aber die beiden Mädchen und Ralf wußten seine Bedenken zu zerstreuen und hatten gute Argumente.

„Doch", sagte Hanno schließlich, „doch, so kann es gehen. Wir werden es auf jeden Fall versuchen."

„Wenn du uns hilfst, kann ja nichts schiefgehen." Daniela strahlte ihn an.

Peggy freute sich ebenfalls. Sie schwenkte die leere Kanne. „Paps, du bist große Klasse. Ich mache dir noch einen Tee."

Mit hochgezogenen Augenbrauen sah Hanno ihr nach, als sie in der Küche verschwand. „So ist das, Ralf. Als Vater muß man sich selbst Apfeltee verdienen. Schaffen Sie sich nie Töchter an."

„Gestern abend hat das aber noch anders geklungen", protestierte Daniela.

„Glaub ihm nicht", rief Peggy. Sie kam zurück und blieb neben dem Stuhl des Vaters stehen. „Ich habe nur schnell Wasser aufgesetzt."

Hanno drückte liebevoll ihren Arm. „Bei so viel Protest, Ralf, muß ich den Satz wohl zurücknehmen."

Nachdem der Plan fertig und vom Vater gutgeheißen war und dieser sogar seine Hilfe zugesagt hatte, fühlte Peggy sich wie erlöst. Sie fand, es wurde Zeit, von etwas anderem zu sprechen.

Was lag näher als das Thema Italien. Wenn sie nicht gerade an den verschwundenen Hund dachten, war jeder von ihnen in Gedanken bei den drei Reisenden. Da war Peggy sicher.

Und nun, wo Ralf gerade in Buchenloh war, fand sie es nicht schlecht, ihn erneut an Gaby zu erinnern.

„Mam hat aus Italien angerufen, aus San Gimignano. Die drei haben schon ihre erste Wanderung hinter sich. Ich meine Mam, Maria und *Gaby*."

Bei so viel Nachhilfe mußte Ralf kapieren. Er griff das Thema begierig auf. „Los, erzähl mal! Was hat Gaby zu den Tierfängern gesagt?"

Peggy zuckte die Achseln. In ihrem Blick zu Hanno hinüber schwang ein leiser Vorwurf. „Um ehrlich zu sein, das weiß ich nicht. Dan und ich haben nur ganz kurz mit den beiden gesprochen. Die Hauptsache haben Paps und Mam erledigt."

Hanno hob die Hände. Er selbst hatte sich so gefreut, mit Corinna sprechen zu können, daß die beiden Mädchen zu kurz gekommen waren. Im nachhinein tat ihm das leid.

„Sie ist meine Frau."

„Sie ist unsere Schwester", entgegnete Peggy mit dramatisch erhobener Stimme.

Sie lachten beide. Dann ging Peggy, um in der Küche den Tee aufzugießen. Die volle Kanne vorsichtig auf dem Tablett balancierend, kam sie zurück.

„Sonst noch jemand?" fragte sie, nachdem sie Hanno eingeschüttet hatte.

Daniela, in Gedanken schon wieder bei dem Hund, überhörte die Frage. Genau wie Peggy spürte sie Erleichterung, nachdem der Vater zu dem Plan Stellung genommen hatte. Paps fand das, was sie vorhatten, gut. Das bedeutete, daß er diesmal mit dem Weg einverstanden war, den sie gehen wollten, um die Tierfänger zu erwischen.

Im Sommer war das anders gewesen. Als sie und dann Gaby sich den „Mardern", dieser Gruppe von Tierschützern, angeschlossen hatten, hatte er zunächst kein Wort darüber verloren. Erst als er die Sprühdose entdeckt hatte, war er bemüht gewesen, mit ihnen zu diskutieren. Er wollte, daß sie sich Gedanken darüber machten, welche Mittel geeignet waren, um etwas durchzusetzen.

Nun, diesmal konnte niemand etwas dagegen sagen. Daniela lächelte. Aus ihren Gedanken heraus sagte sie: „Gaby ist sicher genauso empört wie wir. Sie hätte uns geholfen."

Und mit ihr hätte die Sache mehr Spaß gemacht, überlegte Ralf. Aber das behielt er wohl besser für sich. Er wollte Dan und Peggy auf keinen Fall kränken. Beide mochte er gleichermaßen gern. Doch die vierzehnjährige

Gaby mit dem runden Gesicht und den tiefblauen Augen war eben ein besonderer Fall. Er hätte sie gern wiedergesehen.

„Vielleicht hilft sie uns ja noch", meinte er. „In fünf Tagen kommt sie doch schon zurück."

Mam hat Chancen

Fünf Tage noch – zum wiederholten Male zählte Gaby die Tage heimlich an ihren Fingern. Es blieb dabei, an der Zahl änderte sich nichts. Sie seufzte.

Da saß sie nun auf einem der schönsten Plätze der Welt, wie Mam gesagt hatte, und wollte nichts anderes als weg, nach Hause, nach Buchenloh. Mam, das war ihr klar, hätte das nicht begriffen. Es war auch schwer zu verstehen. Sie hatte sich so auf diese Reise gefreut. Die ersten Tage waren einfach toll gewesen, der Comer See, der Abetonepaß, der Italien als Wintersportparadies präsentierte. Doch, das war prima gewesen.

Aber da hatte sie noch nicht gewußt, daß Ralf wieder bei Doktor Zander praktizierte. Seit sie das erfahren hatte, war alles anders. Die Sonne schien, über Siena lag noch ein sommerlicher Glanz. Aber sie, Gaby, sehnte sich nach den grauen Wolken und der herbstlichen Kälte zu Hause.

Wenn Mam das schon nicht verstand, Maria durfte sie davon erst recht nichts erzählen. Für die kleine Schwester war diese Reise ein einziges Fest. Jede Information nahm sie auf wie ein Schwamm, wißbegierig und begeistert. Sie plauderte mit den Leuten und schien sich mit ihnen auf Anhieb zu verstehen. Alles, was sie bisher besichtigt hatten, gefiel Maria außerordentlich gut. Immer wieder betonte sie: „O stréga, es ist phantastisch!"

Was Siena betraf, hatte Maria recht damit. Gaby warf der kleinen Schwester, die den Kopf weit in den Nacken gelegt hatte, um zum Rathausturm, dem Torre del Mangia, hochzuschauen, einen liebevollen Blick zu. Auch sie fand diesen Turm, der alle anderen Bauwerke der Stadt überragte, eindrucksvoll.

„Auf die Idee muß man erst mal kommen", stellte Corinna fest, „einen Platz anzulegen wie ein griechisches Theater, nur weil er dort liegen soll, wo die drei Stadtteile sich berühren."

„Piazza del Campo", sagte Maria versonnen, „das klingt so schön, wie der Platz aussieht."

Während sie den Platz überquerten, mußten sie mehrmals stehenbleiben. Sie bewunderten den Brunnen und fütterten die Tauben, die in Scharen die Gunst der Touristen und Einheimischen genossen.

„Hier in Siena werden wir noch eine Menge Schönes zu sehen bekommen." Corinna konnte sich von dem Ort kaum losreißen. Sie versuchte sich jedes Gebäude, jeden Palast und das Rathaus mit seinem Turm einzuprägen. Es steht am tiefsten Punkt, erkannte sie, wie in einer Muschelschale. Und gerade weil der Platz so schön war, wünschte sie sich plötzlich, Hanno möge bei ihnen sein. Sie wußte, auch ihn hätte die Harmonie des Ortes gefangengenommen.

Maria, die den Stadtplan in den Händen hielt, kontrollierte die Richtung. „Jetzt gehen wir zum Dom."

„Laß doch Mam erst in Ruhe gucken", hielt Gaby sie zurück.

Es war schon mehrmals vorgekommen, daß Maria zur Eile drängte, ohne daß es nötig war. Sie wollte nichts versäumen und möglichst alles sehen. Deshalb ließ sie sich kaum Zeit, manches eingehender zu betrachten.

„Blöd, du stehst ja richtig unter Streß", spottete Gaby.

Selbst Corinna neckte ihre Jüngste. „Wenn du so weitermachst, wirst du alles durcheinanderwerfen. Warum siehst du dir nicht lieber wenig und das genau an?"

„Oh, Mam." In Marias Gesicht arbeitete es. Ihre dunklen Augen flehten um Verständnis. „Es geht so schnell vorbei. Wir haben nur noch fünf Tage."

Corinna strich ihr eine Locke aus der Stirn. Wie gut sie Maria verstand. Fünf Tage waren für all die schönen Dinge, die man hier sehen konnte, wirklich viel zuwenig. Sie selbst tröstete sich damit, daß sie wiederkommen würde, eines Tages, ganz bestimmt, mit Hanno.

Doch für Maria, das wußte sie, war es ein schwacher Trost, wenn man sagte, irgendwann wird sich wieder eine Gelegenheit zu einer solchen Reise ergeben. Für sie hatte sich ein Traum erfüllt, den sie mit sich herumgetragen hatte.

Feinfühlig, wie Corinna war, wußte sie aber, daß diese Reise durchaus eine Gefahr barg. Es konnte sein, daß das

Heimweh, unter dem Maria noch immer litt, sich wieder verstärkte, die Sehnsucht größer wurde.

„Nun, für den Dom und die Madonna von Duccio reicht unsere Zeit bestimmt", sagte sie.

Sie folgten den schmalen Gassen, die leicht bergauf führten. Genau wie San Gimignano war Siena eine noch gut erhaltene mittelalterliche Stadt. Kleine Geschäfte, Handwerksbetriebe und Restaurants reihten sich aneinander.

„Das beste ist immer, wenn keine Autos fahren dürfen, so wie hier", meinte Gaby.

„Ja", bestätigte Corinna, „das ist vorbildlich. Siena war die erste von den größeren italienischen Städten, die sich dazu entschlossen hat, Autos aus der Altstadt auszusperren. Das war schon 1956, und es ist heute noch so."

Selbst Maria, die keinerlei Kritik an Italien vertrug, gab zu: „Wenn man vor lauter Autos manchmal die Kirchen nicht sieht, ist das wirklich doof."

Wie schlecht das war, sahen sie gleich darauf am Dom, an dessen einer Seite sich ein Parkplatz erstreckte. Er lag da, wo eine riesige rote Mauer mit Resten weißer Marmorverkleidung andeutete, welche Ausmaße der neue Dom hätte haben sollen.

„Was?" staunte Gaby. „Das alles sollte ein Dom werden, Mam? Also, den hätte ich gern fertig gesehen."

Genau wie die Schwester konnte Maria kaum fassen, was sie sah. Ungläubig blickte sie zu den hohen Bögen, die sich über die Straße wölbten, auf. Sie deutete auf den alten Dom. „Und der sollte wirklich nur Querschiff sein? Er ist doch selbst schon ziemlich groß."

Das zeigte sich im Innern noch deutlicher. Die Wände und Pfeiler aus grünweißem Marmor hoben die Größe des Doms hervor. Doch die beiden Schwestern trauten sich gar nicht so recht, nach oben zu schauen. Corinna hatte sie auf den in der Welt einmaligen Marmorfußboden hingewiesen, und nun setzten sie vorsichtig die Füße auf, um nichts zu beschädigen.

Schließlich verlor Maria die Geduld. „Eigentlich Quatsch, die besten Marmorbilder haben sie doch eingezäunt. Oder sie haben den Boden mit Pappe abgedeckt wie da hinten."

Gaby betrachtete die Frauengestalt, die die Mutter eine Sibylle genannt hatte. Doch es war nicht so sehr die in lange Gewänder gehüllte Gestalt, die es ihr angetan hatte. Die beiden Tiere neben ihr, ein Wolf und ein Löwe, die sich die Pfote reichten, machten sie nachdenklich.

Der Wolf mit seiner spitzen Schnauze erinnerte sie an Rolf. Er saß so brav wie ein Hund da und hatte sogar eine gewisse Ähnlichkeit mit dem Mischling Rolf. Bei dem Gedanken, daß ihn die Tierfänger mitgenommen hatten, kamen Gaby die Tränen. Es war zu dumm, daß sie ausgerechnet jetzt nicht zu Hause war.

Mam hatte berichtet, daß Daniela und Peggy den Tierfängern das Handwerk legen wollten. Mit Ralf zusammen. Sie wollten ihnen eine Falle stellen. Darunter konnte Gaby sich zwar im Moment nichts vorstellen. Aber sie ahnte, daß dazu eine Menge Überlegungen nötig waren. Ein Plan wurde entworfen; dann führte man ihn aus. Da mußte man dauernd miteinander beraten. Ach, zu gern wäre sie dabeigewesen.

Während sie hinter Corinna und Maria im Dom umherging, stellte sie sich vor, wie Ralf mit Peggy und Daniela in Buchenloh zusammensaß. Vielleicht trafen sie sich manchmal auch bei Doktor Zander, wer konnte das wissen?

Gaby bearbeitete ihren Daumen mit Inbrunst. Die ganze Nagelhaut hatte sie schon abgekaut. Wie Corinna war sie ein durch und durch ehrlicher Mensch. Sie gestand sich ein, welcher Kummer sie drückte: Eifersüchtig war sie, scheußlich eifersüchtig auf die daheimgebliebenen Schwestern.

Dieses Gefühl nagte richtig an ihr, verdarb ihr die Laune, nahm ihr jeden Spaß an dieser Italienreise. Gaby stieß einen tiefen Seufzer aus. Und das allerschlimmste daran war, sie konnte es nicht ändern. Sosehr sie sich Mühe gab, an etwas anderes zu denken, immer wurde sie erneut an Ralf und die Schwestern erinnert.

„Du machst ein Gesicht wie zehn Tage Regenwetter", bemerkte Corinna, als sie den Dom verließen.

Gabys muffeliges Gesicht legte sich wie ein Schatten über ihre Freude. Sie spürte, daß sie ärgerlich wurde. Da hatten Hanno und sie den Mädchen eine Reise ermöglicht, ihnen ein Vergnügen bereiten wollen, das ihren Gesichtskreis erweitern konnte. Und nun das: ob auf der Piazza, im Rathaus oder jetzt hier im Dom, überall stand Gaby nur mit umflortem Blick herum. Von all den schönen Dingen schien sie kaum etwas mitzubekommen. Es war zum Verzweifeln.

„Wenn dir dies alles so wenig bedeutet, hättest du lieber Dan oder Peggy mitfahren lassen sollen."

Der Satz war heraus, bevor sie richtig überlegt hatte. Und er war ungerecht. Corinna merkte es sofort. Gaby schaute sie an wie ein weidwundes Reh, drehte den Kopf weg und schluckte mühsam.

Maria, die sich insgeheim über Gaby ärgerte, weil die Schwester ihre Begeisterung nicht teilte, sah Corinna an. Doch der Blick ihrer dunklen Augen war kämpferisch und empört. „Aber Mam, du weißt doch, was los ist. Gaby macht sich eben Gedanken über Rolf."

Während sie den Stadtplan mit beiden Händen umklammert hielt, stellte sich Maria unwillkürlich näher zu Gaby. „Ich verstehe das gut, mir geht's genauso. Ich muß immerfort daran denken."

Jetzt glänzten die dunklen Augen ebenfalls verdächtig. Jeden Moment stehe ich mit zwei heulenden Mädchen in einer der schönsten Städte Italiens, fuhr es Corinna durch den Kopf. Sie unterdrückte ein Lächeln. Da gab es nur eins.

„Kommt, ihr beiden, wir machen mal eine kleine Besichtigungspause. Beim Essen könnt ihr dann euer Herz ausschütten."

Noch ein sehnsüchtiger Blick auf das Dommuseum, in dem die Duccio-Madonna aufbewahrt wurde – dann steuerte Corinna, gefolgt von den Schwestern, auf die nächste Trattoria zu.

Sie hatten Glück. Bis auf einen Tisch waren alle besetzt. Erleichtert knöpfte Corinna ihre Jacke auf.

„Posso aiutare?" fragte jemand hinter ihr, als sie die Jacke kaum ausgezogen hatte.

Ehe sie sich's versah, hatte der Mann, der allein am Nebentisch saß, ihre Jacke aufgehängt. Er lächelte ihr mit so viel unverhohlener Bewunderung zu, daß ihr „Danke" betont kühl ausfiel. Mit Absicht setzte sie sich so, daß sie ihm den Rücken zudrehte.

Der Italiener war davon wenig beeindruckt. Er rückte sein Glas einen Platz weiter und ließ sich dort nieder. Jetzt konnte er sie vom Profil her sehen.

Aufmerksam hatten Gaby und Maria dieses Zwischenspiel beobachtet. Sie blinzelten sich zu. Nachdem sie sich gesetzt hatten, rückte Maria ihren Stuhl sehr nahe an den Tisch heran. Sie beugte sich vor.

„Bei dem hast du Chancen, Mam", flüsterte sie.

„Will ich gar nicht", gab Corinna ebenso leise zurück. Doch sie konnte machen, was sie wollte. Der Mann zeigte ihr unverblümt seine Verehrung. Wenn er ihren Blick erhaschte, lächelte er. Wenn sie ihm längere Zeit keine Aufmerksamkeit geschenkt hatte, räusperte er sich. Einmal hob er sein Glas und trank ihr zu.

Da er ein recht gut aussehender Mann war und sich seine Anbetung durchaus im Rahmen hielt, beschloß Corinna, es von der heiteren Seite zu nehmen. Wenn sie Hanno später über ihre enorme Wirkung auf graue Schläfen und feurige schwarze Augen berichtete, würde er sicher genau wie sie die Komik der Situation empfinden.

„Was wollt ihr essen?" fragte sie.

Gaby und Maria studierten die Speisekarte, überlegten

und konnten sich nicht einigen, ob sie Suppe oder Nudeln essen sollten.

Da mischte sich der Italiener in ihre Diskussion. Diesmal sprach er Englisch, wohl in der Meinung, daß Corinna ihn dann besser verstehen würde. „You should take the pasta. It's homemade. I know it. They have the best pasta here."

Diesmal dankte Corinna sehr freundlich. Hausgemachte Nudeln waren für sie eine Verlockung. Vielleicht ergab sich ein neues Rezept für ihr Kochbuch.

Schon wenig später war sie mit dem Fremden in eine angeregte Unterhaltung vertieft. Er war Sieneser und hatte ein ungemeines Wissen, wenn es um die Sehenswürdigkeiten der Stadt ging. Was ihn sehr sympathisch machte, fand sie, war vor allem, daß er Siena zu lieben schien. Er sprach mit großer Begeisterung und war beinahe entsetzt, als sie gestand, die Madonna von Duccio noch nicht gesehen zu haben.

„È veramente splendida, un miracolo", rief er aus, nicht bedenkend, daß sie ihn nicht verstand. Die dunklen Augen leuchteten begeistert.

„Sie ist ein wunderbares Kunstwerk, ein Wunder", übersetzte Maria der verständnislos dreinblickenden Mutter.

„Your daughter speaks Italian nearly perfectly." Der Mann nickte Maria anerkennend zu und Corinna ebenfalls, weil sie die Mutter einer solchen Tochter war.

So ganz hatte Maria zwar seine Worte nicht verstanden. Aber sie ahnte, daß der Satz ein Kompliment für sie enthielt. Sie reckte sich stolz. Der Fremde schien ihr auf einmal viel sympathischer.

„Er ist nett, nicht?" tuschelte sie Gaby ins Ohr.

Doch Gaby konnte ihr nicht zustimmen. Sie fand den Mann, der die Mutter einfach ins Gespräch gezogen hatte, ziemlich aufdringlich. Was wollte er bloß von Mam? Sie hatte einen Mann, der viel netter war als dieser Italiener. Und als Begleiter war er auch nicht nötig, da hatte Mam ja Maria und sie, Gaby.

Plötzlich kam Gaby ein Gedanke, der sie erschreckte. Legte Mam es vielleicht darauf an? Wollte sie die Aufmerksamkeit eines Fremden erregen? Sie versuchte sich zu erinnern, wie es zu diesem Gespräch gekommen war. Jede kleinste Einzelheit rief sie sich ins Gedächtnis.

Nein, eigentlich hatte Mam sich benommen wie immer. Sie hatte sich mit ihnen unterhalten, gescherzt und gelacht. Auffällig war nichts gewesen. Halt! Hatte Mam nicht öfter als sonst das dunkle Haar zurückgeworfen? Gerade jetzt streckte sie die Hand aus und strich es sich hinter die Ohren. Das machte sie immer, wenn etwas ihr Interesse erregte.

„I'll show you the ‚Maestà' if you don't mind", schlug ihr Tischnachbar vor.

Das Ansinnen des Italieners wurde unterschiedlich aufgenommen. Corinna erklärte sich lächelnd einverstanden. Wenn dieser Fremde, der sich als Roberto Girotti vorgestellt hatte, über den Maler Duccio so viel wußte wie über den Palazzo Publico, war es nicht nur für sie, sondern auch für ihre Töchter ein Gewinn, ihm zuzuhören.

Eifrig erklärte Maria, die eine gute Gelegenheit sah,

Italienisch zu sprechen: „Si, volontieri. – Ja, gern."

Gaby aber war geradezu entsetzt. Was dachte sich Mam bloß dabei? Dieser fremde Mann ging sie doch nichts an. Und wenn der ihr schöne Augen machte, dann mußte sie das zurückweisen. Sie war eine verheiratete Frau und hatte vier Töchter. Für so etwas war sie doch eigentlich... Gaby zögerte, den Gedanken weiterzudenken.

...zu alt, und dabei sah Mam gerade an diesem Tag so jung und strahlend aus. Gaby merkte selbst, wie ungerecht sie war. Daß sie der Mutter diesen Verehrer nicht gönnte, woran lag das bloß? Vielleicht daran, daß sie von Ralf so enttäuscht war, der ihr erst nicht geschrieben hatte und nun bei Doktor Zander war, während sie in Italien herumreiste. Vielleicht auch daran, daß sie an Paps denken mußte und daran, was er wohl zu der Situation sagen würde. Ach, sie wußte es selbst nicht.

Ihr ganzer Unmut richtete sich gegen den Fremden. Als sie im Dommuseum endlich vor der Madonna standen, der Maestà, war sie zwar von der Schönheit des Bildes beeindruckt. Sie betrachtete einen Moment die thronende Muttergottes, die das Jesuskind auf dem Schoß hielt und von Engeln und Heiligen umgeben war. Von ihrem blauen Gewand abgesehen, war die vorherrschende Farbe auf dem Bild Gold. Aber es war nicht die Farbe, die Gaby anrührte, sondern die Art, wie die Engel, sich auf die Lehne des Throns stützend, auf die Muttergottes blickten. Doch ihr Interesse dauerte nur einen Moment.

Dann zog Gaby die Schwester beiseite, weg von der Mutter, die den Ausführungen Roberto Girottis lauschte.

„Schrecklich aufdringlich diese Italiener, findest du nicht auch?"

Wenn Gaby nicht so mit sich beschäftigt gewesen wäre, hätte sie sofort gemerkt, was sie angerichtet hatte. Sie fand bei Maria nicht die gewünschte Zustimmung.

In der ersten Sekunde wollte Maria empört auffahren. Aber in der gedämpften Atmosphäre des Museums ging das nicht. Die Maestà stand nämlich in einem verdunkelten Raum und wurde nur von Scheinwerfern angestrahlt. Deswegen unterhielten sich die Besucher unwillkürlich leiser, und es herrschte eine nahezu feierliche Stimmung.

So schluckte Maria das, was sie sagen wollte, herunter. Sie preßte die Lippen zusammen. Ihre Augen füllten sich mit Tränen. So war das also. Gaby fand die Italiener nicht nett, fand sie aufdringlich. Es war ja gut, endlich mal ihre wahre Meinung zu hören. Gekränkt drehte Maria der Schwester den Rücken zu. Nun, sie würde sich ihr nicht aufdrängen, nie mehr.

Gaby, die auf eine Antwort Marias wartete, war über diese Reaktion verblüfft. „He, was ist los?"

„Nichts."

Mehr war aus Maria nicht herauszubringen. Sie wich der Schwester aus. Stellte sich Gaby neben sie, um die Gestalten auf der linken Seite des Bildes näher anzuschauen, ging Maria hinüber zur rechten und tat, als sei sie ganz in den Anblick des Heiligen mit dem roten Mantel vertieft, der zu Füßen der Muttergottes kniete.

Wollte Gaby sich nun diesen Heiligen ebenfalls ansehen, strebte Maria auf die andere Seite, weil auf einmal der goldgewandete Heilige mit der Bischofsmütze ihr alleiniges Interesse hatte. So ging das eine Weile hin und her.

Selbst die Dunkelheit des Raumes konnte nicht verhindern, daß Corinna dieses Geplänkel wahrnahm. Notgedrungen riß sie sich von dem schönen Anblick der Maestà los. Sie strebte, treulich gefolgt von ihrem Begleiter, dem Ausgang zu.

Hier verabschiedete sich Roberto Girotti: „I am so sorry, but I have an appointment. I hope you did get a really good impression of Duccio's Maestà. It was a pleasure to meet you. Arrividerci."

Er behielt Corinnas Hand länger als notwendig in seiner, wie Gaby fand.

Zu Maria und ihr gewandt, sagte er: „È bellissima, vero? E per voi, belle vacanze in Italia. Ciao."

Schon eilte er mit schnellen Schritten davon.

„Ciao." Maria winkte ihm nach.

Tief atmend stellte Corinna fest: „Was für ein Bild! Ich verstehe, daß die Sieneser einen richtigen Umzug veranstalteten und es durch die Straßen getragen haben, als es fertig war."

Gaby war zwar erleichtert, daß Roberto Girotti sich verabschiedet hatte, befürchtete aber, daß er eine neue Verabredung getroffen hatte. Sie runzelte die Stirn. Zu blöd, wie sollte sie das wissen, wenn der Kerl immer nur Italienisch oder Englisch sprach.

„Was hat er gesagt, Maria?" fragte sie mißtrauisch.

Doch die kleine Schwester antwortete nicht. Sie war damit beschäftigt, ihre Jacke zuzuknöpfen, und hatte anscheinend nicht zugehört.

„Nun sag schon", drängte Gaby.

Jetzt endlich konnte Maria ihrer Empörung freien Lauf lassen. Sie funkelte Gaby an und unterstrich ihre Worte mit beredten Gesten. „Such dir doch jemand, der's dir übersetzt. Maledetto, glaubst du, ich bin so blöd und helfe dir noch einmal? Da irrst du dich aber gewaltig. Ich will nämlich nicht aufdringlich sein. Wir Italiener sind das manchmal. Aber ich weiß, wie lästig das ist."

„Ach, du liebe Zeit", sagte Corinna nur.

Wanderung auf steilen Pfaden

So unversehens aus den himmlischen Gefilden der Kunst wieder auf die Erde versetzt zu werden, war selbst für Corinna schwer zu ertragen. Sie benötigte alle Feinfühligkeit, Geduld und Überzeugungskraft, um diesen Streit zu schlichten.

Maria war schwer gekränkt, und wie Corinna fand, nicht zu Unrecht. „Du mußt doch einsehen, Gaby, daß solche Pauschalurteile nie stimmen. Sie sind lieblos, weil sie zeigen, daß du Vorurteile hast. Es gibt nicht ‚den' Italiener. Und das solltest du am besten wissen. Du kennst doch Maria."

„Maria habe ich gar nicht gemeint", wehrte Gaby mit trotzig zusammengezogenen Brauen ab.

„Das glaube ich dir gern", sagte Corinna. „Doch wenn du von ‚den' Italienern sprichst, fühlt sich Maria angesprochen. Sie ist Italienerin, auch wenn sie in der Bundesrepublik lebt."

„Ich habe mich nur so über diesen Mann geärgert. Mit Maria hatte das gar nichts zu tun", versuchte Gaby sich erneut zu rechtfertigen.

Sie fand, daß die kleine Schwester sich wieder einmal anstellte und eine Kleinigkeit aufbauschte. Aber als sie sah, daß Maria wirklich gekränkt und sogar den Tränen nahe war, fühlte sie sich beschämt. Sie hatte ihr nicht weh tun wollen. Im Gegenteil, sie hatte ja darauf gehofft, daß die Schwester sich mit ihr solidarisch zeigte und diesen Roberto Girotti auch ablehnte.

Gaby streckte Maria die Hand hin. „Es tut mir leid. Das kommt nicht wieder vor."

Mit dem Handrücken wischte sich Maria über die Augen. „Und du findest sie nicht mehr aufdringlich?"

„Überhaupt nicht", behauptete Gaby, obwohl das nicht die Wahrheit war. Ihre Meinung über Mams Verehrer hatte sie nämlich nicht geändert: Der war aufdringlich gewesen. Davon konnte sie keiner abbringen, nicht einmal Maria.

Corinna fühlte sich erleichtert, als sie sah, daß die Schwestern wieder miteinander sprachen. Das war geregelt. So blieb nur noch eins, worüber sie mit Gaby sprechen mußte, ihr unmögliches Benehmen dem Fremden gegenüber. Doch es war vielleicht besser, wenn sie das verschob. Es eilte nicht. Morgen würde sich sicher eine bessere Gelegenheit ergeben.

Eine längere Wanderung stand bevor, auf die sie sich alle drei schon freuten: Sie wollten mit dem Bus bis Colle di Val d'Elsa fahren, um von dort nach San Gimignano zurückzulaufen. Das bedeutete, daß sie schon um sechs Uhr aufstehen mußten.

„Was? So früh?" entsetzten sich die beiden Schwestern abends beim Schlafengehen.

„Ja", sagte Corinna, „wir müssen in Poggibonsi umsteigen. Von dort geht der Bus nach Colle nur alle zwei Stunden. Ein guter Grund, sofort zu schlafen."

Das war leichter gesagt als getan. Jedenfalls für Gaby. Sie wälzte sich im Bett herum, von einer Seite auf die andere. In ihrem Kopf kreisten die Gedanken immer um denselben Punkt. Peggy und Daniela waren zu Hause geblieben und waren dafür belohnt worden, fand Gaby. Sie konnten mit Ralf den Tierfänger jagen und dauernd mit ihm zusammensein.

So glühend hatte Gaby die Schwestern noch nie beneidet. Sie dachte nicht daran, daß die beiden ebenfalls Grund hatten, neidisch zu sein. Die Italienreise war für Peggy und Daniela genauso erstrebenswert gewesen, und nur ihretwegen hatten sie freiwillig darauf verzichtet. Doch das hatte Gaby inzwischen vergessen.

Wenn sie ganz ehrlich war, kam noch etwas dazu. Sie spürte Eifersucht. Und die machte sie mißtrauisch. Nicht einen einzigen Moment hatte sie im vorletzten Sommer Angst gehabt, daß eine der Schwestern ihr Ralf streitig machen könnte. Doch Peggys Freundschaft mit dem blonden Per in Dänemark und Dans mit Norman hatten gezeigt, daß sich Jungen durchaus für die Schwestern interessierten. Wer sagte ihr denn, daß Ralf sich nicht plötzlich für eine von ihnen begeisterte?

Gaby preßte einen Zipfel der Bettdecke gegen ihr Gesicht. Bloß nicht losheulen, bloß nicht Mam und Maria wecken! Es war das erstemal auf dieser Reise, daß sie es bedrückend fand, mit der Mutter ein Zimmer teilen zu müssen. Das verhinderte eine richtige Aussprache mit Maria, und da gab es einiges, über das sie mit der kleinen Schwester gern gesprochen hätte. Sir hätte ihr das Herz wegen Ralf ausschütten können und Marias Meinung zu Mams Verhalten diesem Girotti gegenüber erkundet. Mit einem langen Seufzer schlief Gaby endlich ein.

Doch kein schöner Traum tröstete sie. Unglücklich und völlig unausgeschlafen schlug sie am anderen Morgen die Augen auf, als Maria sie weckte.

„Mamma mia, hast du den Wecker nicht gehört? Du schläfst ja wie ein Murmeltier!"

Im Gegensatz zu Gaby war Maria putzmunter. Sie öffnete neugierig die Holzläden vor dem Fenster. „Ist es nicht unglaublich ruhig?"

Die Ruhe in der morgendlichen Stadt war das, was Corinna am meisten beeindruckte, als sie zur Bushaltestelle vor der Stadtmauer gingen. Menschen waren kaum zu sehen. Nur zwei fleißige Geschäftsinhaber bereiteten sich auf Kundenansturm vor.

„Morgens um diese Zeit gehört einem die Stadt", freute sich Corinna. „Genauso wie abends, wenn die Busse der

Touristen weg sind."

An der Haltestelle aber warteten sie nicht allein. Ein paar Frauen mit Einkaufstaschen und Männer im Arbeitsanzug waren ebenfalls zu dieser frühen Stunde unterwegs.

„Ob die alle schon gefrühstückt haben?" wollte Maria wissen.

Für sie war es aufregend gewesen, daß sie im Hotel kein Frühstück bekommen hatten, weil es noch zu früh war. Ihr Magen knurrte ein bißchen. Sie war gespannt, was das hieß: italienisch frühstücken. Das nämlich hatte Corinna vorgeschlagen.

„Wie lange haben wir in Poggibonsi Aufenthalt?"

Corinna schaute auf den Fahrplan, den sie im Touristenbüro erhalten hatten. „Fünfundzwanzig Minuten."

„Ob das fürs Frühstück reicht?" fragte jetzt Gaby.

Bedauernd hob Corinna die Hände. „Ich weiß es nicht. Es kommt darauf an, wie weit die nächste Bar von der Haltestelle entfernt ist."

Maria kicherte. „Das hört sich vielleicht an: frühstücken in einer Bar."

„Es ist ja keine Nachtbar, mehr wie ein Café", stellte Corinna richtig.

In Poggibonsi hielt der Bus am Bahnhof. Es dauerte einen Augenblick, bis sie sich zurechtfanden. Sie überprüften, ob das die richtige Haltestelle für den Bus nach Colle war. Dann suchten sie eine Bar. Als sie eine entdeckten, blieben ihnen höchstens noch fünfzehn Minuten, gerade Zeit für einen Cappucino.

„Komm lieber, Mam", drängte Maria, „sonst fährt der Bus ohne uns."

Es war Gaby, der das Mädchen an der Haltestelle zuerst auffiel. „Bestimmt wartet sie auf den Schulbus. So einen Rucksack als Schultasche tragen bei uns jetzt auch alle."

In den letzten Minuten vor der Abfahrt bestätigte sich das. Immer mehr Schüler tauchten auf, Jungen und Mädchen unterschiedlichen Alters, die sich in kleineren und größeren Gruppen zusammenfanden. Die meisten von ihnen trugen einen leichten Stadtrucksack.

Genau wie ihre Töchter beobachtete Corinna diese Ansammlung und stellte heimlich Vergleiche an. Älter, als sie vermutlich waren, sahen die Mädchen aus. Einige waren sehr zurechtgemacht, fast wie erwachsene Frauen. Die Jungen dagegen sahen eigentlich aus wie die Jungen daheim.

Doch zu detaillierteren Beobachtungen kam Corinna nicht. Denn plötzlich ging alles sehr schnell. Ein Bus mit der Aufschrift „Colle" kam, und voller Schrecken erkannten sie, daß die vielen Schüler ebenfalls nach Colle wollten.

„Ach, du liebe Zeit!" rief sie aus.

Dann drängelte sie sich zusammen mit Gaby und Maria in den Bus. Sie wurden geschoben und gedrückt. An einen Sitzplatz war nicht zu denken. Außer ihnen waren nur noch Schüler unterwegs. Fleißige mit dem Buch vor der Nase, andere, die lautstark und gestikulierend den Freunden Neuigkeiten erzählten. Der Bus fuhr los.

Die nächsten Haltestellen lagen noch in der Stadt. An jeder stand ein neuer Pulk von Jugendlichen, die mitfahren wollten. Das Ergebnis war quetschende Enge.

„Halt dich gut fest", meinte Corinna zu Maria, die keine Anstalten machte, sich abzusichern.

„Ach, nicht nötig."

Im nächsten Augenblick wurde Maria eines Besseren belehrt. Der Bus, der die Stadt verlassen hatte, raste in atemberaubendem Tempo über die Landstraße. Da diese sehr kurvig war, flog sie gegen einen Jungen, der sich, geschickter als sie, einen sicheren Platz am Fenster verschafft hatte.

„Mamma mia, tut mir leid." Unwillkürlich redete sie ihn in deutsch an.

Gaby lachte, während sie sich mit beiden Händen an einer Stange festhielt. „Er wird dich kaum verstehen."

„Oh, ich verstehe dich sehr gut." Der Junge strich sich verlegen die dunkelblonden Haare glatt. Doch sie kringelten sich sofort aufs neue.

Er deutete auf den Wanderführer in Corinnas Hand. „Wenn Sie nach Siena wollen, müssen Sie den anderen Bus nehmen."

„Das ist nett, daß du uns das sagst", bedankte sich Corinna. „Aber wir wollen tatsächlich nach Colle. Wir wandern von dort nach San Gimignano zurück."

In Gedanken beschäftigte sie sich mit diesem Bus, der so viele Schüler transportierte. Vielleicht war ja Colle Einzugsbereich für die umliegenden Städtchen und die Schule dort etwas Ähnliches wie die Mittelpunktschule, in die ihre Töchter gingen. Corinna entsetzte die Vorstellung, daß ihre vier vielleicht auch mit einem derart rasanten

Fahrer morgens in die Stadt fuhren.

Ein italienischer Junge, der so gut Deutsch sprach, konnte zumindest ihre Neugier in einem Punkt befriedigen.

„Geht ihr alle in Colle zur Schule?" fragte sie.

„Ja, wir gehen dort aufs Gymnasium. Poggibonsi hat kein eigenes."

Corinna, die wie alle, die standen, hin und her schwankte und nur durch Gewichtsverlagerung Halt gewinnen konnte, schüttelte den Kopf. „Jeden Morgen diese Fahrt, fürchterlich!"

„Man gewöhnt sich dran." Der Junge sah sie mit seinen blauen Augen aufmerksam an.

„Du sprichst fabelhaft Deutsch", stellte Corinna fest. „Das muß eine sehr gute Schule sein."

„Ich bin Deutscher..."

Begierig hatten Gaby und Maria das Gespräch verfolgt. Nun staunten sie doch. Ein deutscher Junge, der in Italien zur Schule ging, war wirklich etwas Besonderes. Vor allem für Maria. Das mußte sie unbedingt genauer erkunden.

„Wie kommt das?" fragte sie ungeniert.

„Was?" Der Junge lächelte. „Daß ich Deutscher bin oder daß ich hier zur Schule gehe?"

„Beides natürlich."

„Meine Eltern sind Deutsche", antwortete er. „Ich bin aber hier geboren. Ich spreche Italienisch besser als Deutsch. Mein Vater arbeitet hier in einer großen Firma."

„Komisch." Maria sah den Jungen nachdenklich an. „Das ist genau umgekehrt wie bei mir. Ich bin Italienerin und gehe in Deutschland zur Schule."

Gleich darauf waren die beiden in ein Gespräch vertieft, tauschten Erfahrungen aus, gaben sich gegenseitig ihre Adressen, lachten und freuten sich. Das Schaukeln des Busses machte zumindest Maria nichts mehr aus.

Lächelnd betrachtete Corinna diese sich anbahnende Freundschaft. Sie fand, es wäre gut für Maria, wenn sie jemanden in Italien hatte, mit dem sie Briefe wechseln konnte. Vielleicht hält es eine Weile an, wünschte sie sich. Ihr Blick begegnete dem ihrer Ältesten.

Gaby zwinkerte ihr zu. Auch sie merkte, was da vor sich ging. Wie häufig hier in Italien hielt sie sich zurück. Aber diesmal nicht, weil es mit der Verständigung haperte, sondern weil sie der kleinen Schwester den Spaß nicht verderben wollte.

Für Marias Begriffe viel zu schnell, erreichte der Bus die Piazza Arnolfo in Colle, wo Corinna und die beiden Mädchen aussteigen mußten. Maria verabschiedete sich von dem Jungen wie von einem langjährigen Freund.

„Ciao, Michael. Ich schreib' dir bald." Strahlend wandte sie sich zu Corinna um. „Jetzt kann's losgehen, Mam."

In Gabys Gesicht zuckte es spitzbübisch. So ganz ohne Neckereien sollte Maria, die sich manchmal gar nicht bremsen konnte, wenn es darum ging, die Schwestern zu ärgern, nicht davonkommen.

„Es kann durchaus sein, daß dir die Liebe auf den Magen schlägt", meinte sie. „Mir nicht. Mam hat uns ein italienisches Frühstück versprochen. Und genau das brauche ich jetzt."

Maria schlug sich mit der Hand vor die Stirn. „Das hätte ich beinahe vergessen."

Sie tat harmlos und gleichgültig, konnte jedoch nicht verhindern, daß ihr das Blut in die Wangen tieg. „So 'n Quatsch, das mit der Liebe."

„O weh, das habe ich doch schon mal gehört, von Dan nämlich, und du hast ja selbst gesehen, was dabei herausgekommen ist." Gaby lachte lauthals.

Italienisch frühstücken war prima, fand sie. In dem Café an der Bushaltestelle gab es an der Theke einen Cappuccino und verschiedene Gebäckstückchen. Das Rütteln des Busses hatte dazu beigetragen, daß ihr Hunger groß war. Und obwohl dieses Frühstück für Corinna insgeheim ein Graus war, weil weder von Vollkornkost noch von Vollwertnahrung die Rede sein konnte, genossen sie die ungewohnte Art des Essens, besonders die beiden Mädchen.

Eine halbe Stunde später machten sie sich auf den Weg. Nach der Beschreibung führte der Weg nur ein kleines Stück auf der Straße entlang. Tatsächlich konnten sie bei Kilometerstein 67 vorschriftsmäßig kurz nach einer Brücke die Bahnlinie überqueren, von wo aus sie in das Tal kamen, an dessen rechter Seite sie auf dem Hauptweg entlangwanderten.

Es war ein schöner Tag, nicht ganz so strahend blau wie bei ihrer ersten Wanderung. Aber die Luft war klar, und durch die frühe Morgenstunde schien es unglaublich still. Es dauerte eine Weile, bis der Weg anstieg und sie einen weiten Blick über das Hügelland hatten. Rechts und links dehnten sich Felder.

„Weißt du, Mam, was mir auffällt?" sagte Gaby. „Hier gibt es viel weniger Tiere als bei uns zu Hause. Wir müßten doch wenigstens mal einen Hasen oder ein Kaninchen sehen."

Auch Corinna war das schon bei der ersten Wanderung aufgefallen. Die einzige Erklärung, die sich dafür anbot, hatte sie aus der Zeitung.

„Ich habe gelesen, daß die Italiener fanatische Jäger sind. Die Jagdvorschriften sind nicht so streng wie bei uns. Jeder kann die Erlaubnis erwerben."

„Und dann ballern sie in der Gegend rum." Gaby bückte sich, um die leeren, bunten Hülsen zu begutachten, die überall auf dem Weg und am Feldrand lagen. „Was ist das, Mam?"

„Patronenhülsen. Wie du siehst, paßt es zum Thema."

Maria nickte eifrig. Wenn es ums Jagen ging, war sie nicht gewillt, die Partei der Italiener zu ergreifen. Hier wurden sogar noch Singvögel gefangen, was sie besonders abscheulich fand.

„Da nützen die vielen weißen Schilder, die wir vorhin gesehen haben, nichts: Divieto di caccia."

„Jagen verboten." Gaby sprang auf. „Wenn wir dich nicht hätten, Maria, wären Mam und ich bestimmt umgekehrt. Wir dachten, es heißt: Spazierengehen verboten."

An dieser Stelle war die Luft auf einmal mit dem säuerlichen Geruch von Wein erfüllt. Maria hob schnuppernd ihre Nase.

„Was ist denn das?" rief sie. „Riecht wie in einer Kneipe."

Suchend sahen sie sich um. Aber da waren nur die Felder, am Wegrand runde Ballen rötlichen Torfs, in einiger Entfernung ein Haus.

Gaby ging näher an den Torf heran. „Das muß es sein. Der riecht wirklich seltsam."

Jetzt mußte Corinna doch lachen. „Wie dumm von mir. Ich hätte es mir denken können. Das ist kein Torf, das ist Treber. So nennt man das, was übrigbleibt, wenn man die Trauben auspreßt, Schalen und Kerne. Er wird hier als natürlicher Dünger benutzt.

Wenig später hatten sie die Ansammlung von Häusern erreicht, die sogar einen Namen hatte, Bibbiano. Es waren nicht mehr als eine Handvoll, so schien es ihnen wenigstens. Vor dem Ort führte der Weg steil ins Tal.

„Da sind Oliven und da Reben; also geht es hier lang." Maria eilte den anderen vorweg.

„Glaubst du, wir sind richtig hier?" fragte Gaby nach einigen Minuten. „Nach der Beschreibung sollen doch hohe Ginsterbüsche kommen. Ich sehe davon keine Spur."

„Stimmt", meinte Corinna, „wenn wir so weitergehen, kommen wir nicht zur Straße."

Sie waren falsch abgebogen, zu früh, vermutete Corinna. Das beste war wohl, zurückzugehen und die richtige Abzweigung zu suchen.

Doch dazu hatten die beiden Mädchen keine Lust. Der Jäger mit Hund, der in einiger Entfernung durch die Büsche strich, konnte ihnen den richtigen Weg zeigen.

Im Gegensatz zu den Italienern, die sie bisher getroffen

hatten, war der Jäger ausgesprochen schweigsam. Auf Marias Frage zeigte er nur mit dem Flintenlauf in eine Richtung. Das war alles. Dann pfiff er seinem Hund und ging weiter.

„Also los, querfeldein." Mit gewissen Zweifeln betrachtete Corinna das vor ihnen liegende Land.

Schon nach den ersten Schritten merkten sie, daß diese Zweifel nicht unberechtigt waren. Der Lehm blieb an ihren Schuhen hängen und machte sie nicht nur schmutzig, sondern so schwer, daß sie kaum noch vorwärtskamen. Endlich hatten sie wieder Gras unter den Füßen. Sie streiften ihre Schuhe ab, so gut es eben ging. Und Gaby und Maria fanden, dies sei der richtige Platz, um Rast zu machen.

„Das ist sicher der Weg", stellte Gaby fest. „Da ist schon ein Ginsterstrauch."

Sie hatten Äpfel mitgenommen. Zu den Brötchen, die sie in dem Café in Colle gekauft hatten, schmeckten sie großartig und gaben ihnen Kraft für den weiteren Weg.

Als sie nun tatsächlich zwischen Ginsterbüschen zur Straße hinunterliefen, schien Corinna die Zeit gekommen, mit Gaby über ihr Benehmen dem Italiener aus Siena gegenüber zu sprechen.

„Hör mal, Gaby", begann sie, „mir ist gestern aufgefallen, daß du Roberto Girotti nicht sehr zuvorkommend behandelt hast."

„Wieso, Mam?" Gabys blaue Augen verdunkelten sich. Sie preßte ihre Lippen zusammen.

Sie mauert, dachte Corinna. Aber vielleicht sagt sie mir trotzdem, was los war. So behutsam wie möglich tastete sie sich an das Problem heran.

Doch es war zwecklos. Gaby wollte über die Sache offenbar nicht sprechen. Immer wieder lenkte sie ab, brachte die Rede auf ein anderes Thema. Das blieb so, als sie den Ginsterweg hinuntergingen, die roten Terrakottalöwen in der an der Straßenkreuzung gelegenen Töpferei besichtigten. Und erst recht, als sie dem steil ansteigenden Weg bis zum Dorf San Lucia folgten.

„Puh, ist das schwer, da kommt man richtig ins Pusten." Gaby schnaufte und blieb nach ein paar Metern stehen. Sie hatte genau wie Maria schon einen knallroten Kopf.

Corinna, die der Weg ebenfalls anstrengte, gab auf. Es hatte keinen Zweck, einen Menschen zum Sprechen zu bringen, der partout nicht reden wollte. Ein andermal, tröstete sie sich. Zu Hause vielleicht.

Verspätete Spaghetti

Es war auffällig, wie scharf Daniela darauf aus war, den Postboten abzufangen. Jeden Morgen gegen elf machte sie sich nach Möglichkeit im Hof zu schaffen. Wenn es dort gar nichts zu tun gab, erfand sie die unsinnigsten Ausreden, weshalb sie alle fünf Minuten dort hin mußte. An diesem Tag war das nicht anders.

„Ich will doch mal sehen, ob Ralf schon kommt." Daniela sprang zum viertenmal vom Tisch auf.

„Aber er hat gesagt, vor zwölf auf keinen Fall", entgegnete Peggy.

„Ich meine, ich hätte sein Auto gehört." Schon flitzte Daniela zur Tür hinaus.

Über den Stadtplan gebeugt, nickte Peggy ergeben. Es war zwecklos, Dan zurückzuhalten. Solange der Briefträger nicht kam, war sie ohnehin nicht bei der Sache, obwohl Rolf ihr sehr am Herzen lag.

Peggys Finger fuhr müßig über die Markierungen. Inzwischen hatten sie die Stadtteile genau gekennzeichnet, in denen die Tierfänger tätig geworden waren. Jeden Tag war ein neues Gebiet dazugekommen. Heute nun würden die kleinen Sender fertig sein, die Paps ihnen versprochen hatte. Dann konnte es losgehen.

Es war gar nicht einfach gewesen, Leute zu finden, die ihre Tiere als Köder für den Tierfänger hergeben wollten. Nur elf hatten sich schließlich bereit erklärt. Peggy erinnerte sich, wie dringlich Doktor Zander sich dafür eingesetzt hatte. Ohne ihn, darüber war sie sich genau wie Dan und Ralf im klaren, hätte der Plan nicht funktioniert. Jetzt hatten sie immerhin vier Katzen und sieben Hunde.

Wenn die Tiere erst mal den Sender trugen, war es nur noch wichtig, daß sie möglichst oft draußen herumliefen. Frei natürlich, aber heimlich bewacht.

„Wir müssen einen richtigen Stundenplan aufstellen", hatte Ralf gesagt.

Deshalb wollte er heute kommen. Peggy grinste. So um

elf herum setzte man Dan besser nicht ein, sonst paßte sie nicht richtig auf.

Gleich darauf wurde Peggy wieder ernst. Es war nicht nett von ihr, wenn sie sich über die Schwester lustig machte. Sie wußte doch genau, was mit Dan los war. Gleich nachdem Rolf verschwunden war, hatte die Schwester einen langen, kummervollen Brief an Norman geschrieben. Jetzt wartete sie auf eine Antwort von ihm.

Ich müßte das eigentlich am besten verstehen, überlegte Peggy. In der ersten Zeit habe ich auch auf Briefe von Per gewartet. Wenn dann keiner kam, hatte ich richtig Bauchschmerzen vor Kummer. Den ganzen Tag über habe ich nur darauf gewartet, daß er zu Ende war, damit der Postbote aufs neue kommen konnte.

So war das schon lange nicht mehr. Die Briefe waren seltener geworden. Gerechterweise mußte Peggy zugeben, daß sie ebenfalls weniger oft schrieb. Und die Briefe waren kürzer, ja, und wenn sie ganz ehrlich war, die Freude über einen Brief von Per war nicht mehr ganz so groß.

„Er ist ja noch mein Freund", sagte Peggy laut vor sich hin, „aber..."

„Wer ist dein Freund?" Unbemerkt war Daniela zurückgekommen. Sie schwenkte eine Ansichtskarte in der Hand.

„Na, hat Norman schon auf deinen Brief geantwortet?" wollte Peggy wissen.

Die Schwester schüttelte den Kopf. Im selben Moment richtete Peggy sich auf und streckte die Hand aus. „Eine Karte von Mam?"

Wenn das Unternehmen „Wir fangen den Tierfänger" in den letzten Tagen die Gedanken auch sehr in Anspruch genommen hatte, vergessen hatten sie die drei Italienfahrer nicht. Eine Karte und ein Anruf – das war einfach viel zuwenig, fand vor allem Peggy.

Obwohl Daniela gar nicht nach Scherzen zumute war, versteckte sie blitzschnell die Karte hinterm Rücken. Sie wollte sich auf keinen Fall anmerken lassen, wie enttäuscht sie war, daß wieder kein Brief von Norman dabeigewesen war.

Betont munter sagte sie: „Nicht von Mam, nicht von Maria und nicht von Gaby."

„Wer sollte uns denn sonst noch schreiben?" Peggy drehte eine Haarsträhne zwischen den Fingern.

„Nicht uns, dir."

In Peggys Augen leuchtete es begehrlich auf. Eben hatte sie zwar festgestellt, daß Briefe von Per nicht mehr solche Überraschung und Freude bereiteten. Aber eine Karte war immerhin eine Abwechslung.

„Von Per! Nun gib schon her."

Für einen Moment vergaß Daniela ihren Kummer. Peggys Reaktion war zu komisch. „Du brauchst nicht gleich in Reimen zu sprechen."

Die Ansichtskarte wurde für einen winzigen Augenblick wieder sichtbar. Peggy streckte erneut die Hand aus, aber sie griff ins Leere.

„Im übrigen ist sie nicht von Per", sagte Daniela.

Jetzt hatte sie Peggy so neugierig gemacht, daß die Schwester aufsprang. Sie umschlang Daniela mit beiden

Armen. Eine kurze Rangelei, bei der sie nicht auf viel Widerstand stieß. Dann war sie im Besitz der Ansichtskarte.

„Von Sonja!" Peggy strahlte.

Es hatte eine Weile gedauert, bis Sonja Hense ihre Freundin geworden war. Das lag nicht an dem Mädchen, sondern an seiner Mutter, die der dunkelhäutigen Peggy gegenüber gewisse Vorbehalte gezeigt hatte. Erst als Sonjas Vater, der Direktor der Rohrerwerke, sich eingeschaltet hatte, gab sich das. Er hatte die Familie Waldmann bei ihrem Kampf gegen die Straße durch das Naturschutzgebiet kennen- und schätzengelernt.

Die bunte Karte zeigte einen mit Palmen bewachsenen Strand, tiefblaues Meer unter einem Sonnenhimmel und eine riesige Muschel im Vordergrund.

„Sie ist auf den Malediven." Peggy seufzte. Wunderschön mußte es dort sein. Das Wasser sei warm wie in der Badewanne, schrieb Sonja. Man könne herrlich schwimmen.

Das war sogar noch etwas anderes als Italien, obwohl es schon da wärmer war als in Buchenloh. Insgeheim beneidete Peggy die Schwestern doch um diese Reise. Es wäre einfach klasse gewesen, den anderen nach den Ferien davon erzählen zu können.

„Das ist aber bestimmt Ralf." Daniela sprang auf.

Und diesmal stimmte es. Wenig später waren die drei Köpfe eifrig über die Karte gebeugt. Sie teilten die beiden Stadtteile, in denen die Tierfänger noch nicht gewesen waren, in Reviere ein.

„Das kommt ganz gut hin", stellte Ralf fest. „In dem einen haben wir vier Tiere zur Verfügung, in dem anderen fünf."

Daniela krauste die Nase mit den feinen Sommersprossen. Ein Problem schien ihr unlösbar. „Bei elf insgesamt brauchen wir elf Leute, die auf sie aufpassen. Wo sollen wir die herkriegen? Wir sind doch nur drei."

„Keine Sorge, die bekommen wir schon zusammen. Florian und Hendrik machen jedenfalls mit."

„So was Blödes!" Daniela haute mit der Faust auf den Tisch. Wie dumm war es, nicht daran zu denken, daß Doktor Zander zwei Söhne hatte, die ihnen helfen konnten. Dabei hatte sie die beiden schon kennengelernt und sich sogar gut mit ihnen verstanden. Das war damals gewesen, als sie ihren erfolgreichen Widerstand gegen den Bau der Straße durch das Naturschutzgebiet gefeiert hatten.

„Doch, Florian und Hendrik sind in Ordnung", meinte sie. „Schade, daß Sebastian, der dritte, noch zu klein für so was ist."

„Wir können Maike fragen", sagte Peggy. Sie erinnerte sich, daß Gaby davon gesprochen hatte, ihre Freundin bleibe in den Herbstferien zu Hause.

„Und Lisa, Marias Freundin. Vielleicht ist die auch da."

„Seht ihr, dann sind wir schon sieben." Ralf strich sich über sein braunes Haar.

Daniela machte sich sofort daran, ihre Überlegungen in die Tat umzusetzen. Sie ging hinunter, um zu telefonieren. Es dauerte eine Weile, viel zu lange, meinte Peggy. Aber als Dan wiederkam, strahlte sie.

„Mit Maike und Lisa, das geht in Ordnung. Ich habe es noch bei einigen aus meiner Klasse versucht, konnte aber nur Petra und Axel erreichen. Sie helfen uns auch."

Daniela strich sich mit dem Zeigefinger über den Nasenrücken. Das war eine für die Schwester typische Geste, wie Peggy wußte. Das machte sie immer, wenn sie über etwas nachdachte.

„Was ist, Dan?" fragte sie.

„Ach, ich weiß nicht." Daniela seufzte. „Schon vorhin am Telefon hatte ich dauernd das Gefühl, ich hätte irgend etwas vergessen. Wenn ich bloß wüßte, was."

„Das fällt dir bestimmt wieder ein", tröstete Peggy sie. „Laß uns jetzt weitermachen."

Nachdem das Problem der Beobachter weitgehend gelöst war, konnten sie sich einen Stundenplan überlegen. Wenn sie Erfolg haben wollten, mußten die Tiere möglichst oft nach draußen. Vor allem aber sollte es so aussehen, als seien diese Hunde und Katzen von ihren Besitzern vernachlässigt.

„Wir müssen das unbedingt erledigen, bevor die Schule wieder anfängt", meinte Peggy. „Sonst wird alles wesentlich schwieriger."

„Kein Problem." Ralf sah von einer zur anderen. „Wenn euer Vater die Sender fertig hat, können wir morgen anfangen. Oder sogar schon heute nachmittag."

Daniela hob die Schultern. Darüber, fand sie, brauchten sie sich keine Gedanken zu machen. Paps hatte ihnen die Sender für heute zugesagt. Und er hielt, was er versprach.

Sie wußte, daß er unten in seinem Büro eifrig werkelte.

„Kommt, wir sehen einfach nach, wie weit er ist." Peggy sprang auf.

Gefolgt von Ralf und Daniela, begab sie sich nach unten. Dort kam ihnen Hanno lächelnd entgegen. Er klimperte mit einer Pappschachtel.

„So, das wär's", sagte er. „Ich hoffe, die bringen euch den gewünschten Erfolg."

Peggy öffnete die Schachtel, die er ihnen hinhielt. Elf unscheinbare runde Scheiben, kaum größer als eine Münze, nur dicker. Sie hatte sich das viel aufregender vorgestellt.

„Du bist sicher, das klappt?" vergewisserte sie sich.

Hanno Waldmann nickte. „Aber ja, doch für alle Fälle kann ich dir gleich beim Mittagessen noch einmal erklären, wie sie funktionieren."

„Mittagessen ist gut." Daniela rieb sich den Bauch. Sie hatte Hunger. Ihr Magen knurrte schon. „Was gibt es denn?"

Genau in diesem Moment fiel ihr ein, was sie vergessen hatte. Das Einkaufsnetz nämlich. Sie hatte es in der Küche schwungvoll abgesetzt, als sie mit dem Fahrrad wiedergekommen war. Die Tüte mit Pilzen, ein Stück durchwachsener, geräucherter Speck und die Nudeln, alles lag noch genauso, wie sie es hingelegt hatte.

Pilzspaghetti sollte es geben, als Überraschung für Paps und Peggy und natürlich für Ralf, den sie zum Mittagessen eingeladen hatten. Das Rezept stand in einer Zeitschrift und schien Daniela, die kein großer Kochkünstler war, leicht genug.

Und nun hatte sie das Kochen vergessen. Über all den Plänen, wie sie die Tierfänger fangen könnten, waren Rezept und Pilze ihrem Gedächtnis völlig entschwunden. Das war entschieden gegen die Verabredung. Wie sollte sie das den anderen bloß beibringen? Daniela spürte, daß ihr das Blut ins Gesicht stieg.

„Was es gibt, mußt du doch am besten wissen", antwortete Hanno. „Du bist heute Küchenchef."

„Nun ja, es ist so", druckste Daniela herum. Es war ihr doppelt peinlich, daß ausgerechnet Ralf das mitkriegte. Was mußte er von ihr denken? Und noch ein Gedanke ging ihr durch den Kopf. Was würde Gaby dazu sagen? Ihr war doch sicher daran gelegen, daß Ralf so gut wie möglich in Buchenloh aufgenommen wurde. Nun das! Sie schluckte.

Dann gab sie sich einen Ruck. Ihre grünen Augen flehten um Verständnis. „Ich hab's total vergessen."

„Hm", machte Hanno nur. Gelassener, als seine Frau Corinna es getan hätte, nahm er die Situation hin. Es nützte nichts, Daniela auszuschimpfen. Sie sah unglücklich genug aus. Außerdem kamen sie dadurch auch nicht schneller an eine Mahlzeit.

Inzwischen war Peggy die Tragweite dessen, was Daniela gesagt hatte, klargeworden. Sie runzelte die Stirn. „Willst du damit sagen, du hast nichts vorbereitet?"

Als Daniela den Kopf schüttelte, rief Peggy: „Aber was machen wir denn jetzt?"

Ihr wahrhaft entsetzter Blick amüsierte Hanno. Er zwinkerte Ralf zu. „Da gibt es nur eine, das heißt zwei Möglichkeiten."

Peggys dunkle Augen richteten sich erwartungsvoll auf den Vater.

„Den Gürtel enger schnallen...", sagte Hanno.

Das konnte nicht sein Ernst sein. Peggy schaute ihn an, als verlange er von ihr eine neunmonatige Fastenkur. Aber sie wollte nicht fasten. Sie hatte Hunger, mächtigen Hunger sogar.

„Und die andere Möglichkeit?" drängte sie Hanno.

„Wir helfen Dan schnell. Dann gibt es in spätestens einer halben Stunde doch etwas zu essen."

Froh darüber, daß der Vater die Sache so leicht nahm, kam Leben in Daniela. Sie eilte den anderen voraus in die Küche.

„Es geht sogar noch schneller, das Rezept ist ganz einfach."

Nun entfaltete sich eine rege Tätigkeit. Während Daniela und Peggy die Pilze putzten, setzte Hanno das Nudelwasser auf und machte sich daran, die Zwiebeln zu schälen. Inzwischen schnitt Ralf nach Danielas Anweisungen den Speck in kleine Würfel.

„Wie gut, daß ich große Pilze gekauft habe", stellte Daniela fest. Sie zog die Haut von der Pilzkappe ab und schälte den Stiel. „Bei kleinen dauert das ewig."

Peggy, die sich durch die Aussicht auf ein leckeres Mittagessen beruhigt fühlte, nickte. „Du wirst sehen, wenn das Wasser kocht, sind wir fertig."

Sie hielt den nächsten Pilz schon in der Hand. „Kommen die da ganz rein?"

„Warte!" Eifrig schaute Daniela in das Rezept. „Nein,

wir müssen sie in Scheiben schneiden."

Gerade als Hanno die Nudeln ins Wasser schüttete, konnten sie mit der Sauce anfangen. Daniela ließ in einem Kochtopf den Speck aus, gab die Zwiebeln dazu und schließlich die Pilze. Dann goß sie einen Schuß Wasser dazu.

Peggy sah ihr dabei über die Schulter. „Schwer ist das wirklich nicht. Ich hoffe, es schmeckt gut."

Davon konnte sie sich zehn Minuten später überzeugen. Die Pilzsauce über den heißen Spaghetti mundete köstlich.

„Da haben wir ja noch mal Schwein gehabt", sagte sie.

„Schwein nicht, Pilzspaghetti." Hanno lachte. Dann nickte er Daniela zu. „Doch, Dan, ich muß sagen, es hat sich gelohnt zu warten. Ralf, was meinen Sie?"

Auch Ralf zeigte sich begeistert. Er nahm sich zum zweitenmal eine Riesenportion Spaghetti. Dann sagte er zu Daniela: „Weißt du, das ist doch etwas anderes als Mensaessen. Ein Rezept, das ich mir merken werde."

„Ich bin gespannt, was Mam dazu sagt." Peggy lutschte nachdenklich an ihrem Löffel. „Vielleicht nimmt sie es in ihr Kochbuch auf."

Hanno Waldmann warf einen Blick auf seine Armbanduhr. Das verspätete Mittagessen hatte sie nur eine halbe Stunde gekostet. Es wurde Zeit, daß sie sich an die Arbeit machten.

„Kommt, wir müssen losfahren", sagte er. „Sonst schaffen wir es nicht."

Nachdem Hanno erklärt hatte, wie man die kleinen

Sender befestigen mußte, konnte es losgehen. Sie wollten sich die Arbeit teilen.

„Ich fahre mit dir", sagte Daniela. Ohne Peggy eine Chance zu lassen, stieg sie in Hannos Wagen.

Unlieb war Peggy diese Aufteilung nicht. So hatte sie wenigstens Gelegenheit, mit Ralf ausführlicher über Gaby zu sprechen. Wenn die Schwester schon nicht zu Hause war, konnte man ihr zumindest indirekt helfen, indem man Ralf soviel wie möglich an Gaby erinnerte.

Überhaupt wünschte sich Peggy manchmal, die Tierfänger würden sich noch ein bißchen Zeit lassen, in die Falle zu gehen. Und das, obwohl die Zeit drängte und ihr genau wie Daniela sehr viel daran lag, daß Rolf, der lustige Mischlingshund, wiedergefunden wurde. Doch in zwei Tagen kamen die Italienreisenden wieder nach Hause. Da konnte sich Gaby dann an dem Unternehmen beteiligen und viel mit Ralf zusammensein. Sicher war das genau das, was sich die Schwester brennend wünschte.

„Übermorgen kommen Mam und Gaby und Maria zurück", war das erste, das sie zu Ralf sagte, als sie losfuhren.

Doch sosehr sie sich bemühte, Ralf zeigte sich ausgesprochen zurückhaltend. Peggy machte Andeutungen, stellte Fragen, kam mehrmals auf die Schwester zu sprechen. Nichts half. Über Ralfs Lippen kam kein Wort von Liebe, keine Beteuerung, kein Geständnis, nichts, was sich Peggy ausgemalt hatte.

Um so erfolgreicher waren sie bei ihrem Vorhaben. Binnen kurzer Zeit hatten sie die sechs Tiere mit dem Sender versorgt. Die Besitzer wurden genau informiert, ab wann sie die Hunde oder Katzen am nächsten Tag ins Freie lassen durften.

Vor der Praxis von Doktor Zander trafen sie zur verabredeten Zeit Hanno und Daniela.

Zufrieden rieb sich Daniela die Hände. „Jetzt kann es losgehen."

„Am meisten Angst hatte ich davor, daß einer sagen würde, die Tierfänger sind schon hier gewesen. Dann wäre die ganze Arbeit umsonst." Peggy hängte sich bei ihrem Vater ein.

„Zum Glück sind bisher nur Hausierer dagewesen", erwiderte Hanno. „Frau Bergmann, ihr wißt schon, die mit dem hübschen Spaniel, hat sich bei uns darüber beschwert."

„Dafür können wir doch gar nichts", sagte Peggy.

„Ich weiß." Hanno drückte ihren Arm. „Sag das mal Frau Bergmann."

Ralf verabschiedete sich. „Jetzt brauchen wir uns nur noch die Daumen zu drücken, daß wir Erfolg haben. Tschüs bis morgen."

Während Hanno das von Paul Zimmer geliehene Auto in Richtung Buchenloh steuerte, waren seine beiden Töchter ungewöhnlich schweigsam. Jede hing ihren eigenen Gedanken nach. Daß diese in dieselbe Richtung gegangen waren, merkten sie erst, als Daniela sagte: „Vielleicht ist Rolf schon wieder da, wenn Mam heimkommt. Ich kann's kaum erwarten."

„Mir geht's genauso", bestätigte Peggy. „Sie kommt doch übermorgen, Paps?"

Im Gegensatz zu Daniela war Hanno Waldmann ziemlich pessimistisch, was den Hund anging. Er glaubte nicht, daß sie das Tier wiedersehen würden, auch nicht, wenn der Tierfänger ihnen ins Netz ging. Doch in diesem Zusammenhang dachte er genau wie Daniela an Corinna. Nur aus einem anderen Grund. Er hoffte, daß seine Frau da sein würde, um Daniela über den Verlust des Hundes trösten zu können.

„Das will ich doch hoffen", meinte er. „Jedesmal, wenn das Telefon geht, denke ich, die drei rufen an, um uns zu sagen, daß sie noch länger bleiben."

„Das würden sie nie tun", behauptete Peggy. „Glaubst du, die haben keine Sehnsucht nach uns?"

Was sagt bloß Paps dazu?

Gaby lehnte sich mit dem Rücken an die Mauer und legte den Kopf in den Nacken. Obwohl die Glocken erst sechs Uhr geläutet hatten, war der Himmel dunkel wie im Winter. Aber er war wolkenlos und voller Sterne.

Von diesem Teil der Stadtmauer konnte sie weit ins Land sehen. Doch die sanften Hügel der Toskana verschwanden unter der Schwärze, die die Nacht über sie breitete. Nur ab und zu sah man eine kleine Ansammlung von Lichtern.

Seltsam, überlegte das Mädchen, Italien ist so schön,

und trotzdem kann ich es kaum erwarten, nach Hause zurückzukehren.

Eben noch war sie mit der kleinen Schwester durch San Gimignano gestromert. Treppauf, treppab waren sie durch die schmalen Straßen und Gäßchen gelaufen. Jeden Torbogen, der dazu einlud, hatten sie durchquert; jedem Aufgang, der es erlaubte, waren sie gefolgt.

San Gimignano bei Nacht hatte etwas Abenteuerliches an sich. Mam sagte, da sei das Mittelalter noch spürbar. Sie hatte recht, fand Gaby. Wenn die Bustouristen die Stadt verließen und nur noch Einheimische und die paar Hotelgäste durch die Straßen liefen, konnte sie sich das besonders gut vorstellen. Die schönen alten Häuser hatten damals schon genauso ausgesehen und die Geschlechtertürme auch, nur daß die meisten noch höher in den Himmel ragten und es mehr von ihnen gegeben hatte.

Trotzdem, Gaby schüttelte den Kopf, ist es in Buchenloh schöner. Da gab es so viel, an dem ihr Herz hing. Und das waren nicht nur die Tiere und das Haus, sondern vor allem die Menschen. Sie wollte endlich wieder bei Paps und Daniela und Peggy sein. Nicht nur Ralf war der Grund, warum sie sich nach Hause sehnte.

„Eifersüchtig bin ich kein bißchen", erzählte Gaby dem leuchtenden Stern über sich. „Niemals würde Peggy mir Ralf wegnehmen. Ich beneide sie bloß, daß sie dauernd mit ihm zusammensein kann. Wenn ich zu Hause wäre..."

„Was murmelst du da?" fragte Maria. Sie hatte wie Gaby eine Zeitlang über die Mauer auf die dunklen Hügel geblickt. Doch allmählich wurde ihr das langweilig. Und der Sternenhimmel war in ihren Augen nichts Besonderes.

Aus ihren Gedanken aufgestört, antwortete Gaby: „Ich hätte zu gern geholfen, bei der Sache mit dem Tierfänger, meine ich."

Maria nickte eifrig. „Kann ich gut verstehen. Ich muß oft an Rolf denken und was wohl mit ihm passiert ist."

„Übermorgen wissen wir es."

„Übermorgen klingt gut", sagte Maria.

Überrascht sah Gaby die kleine Schwester an. War das Marias Ernst? Sie war doch so begeistert von allem hier gewesen. Gar nicht genug hatte sie davon bekommen können, ihr Italienisch auszuprobieren, mit den Menschen zu reden, die Städte und die Landschaft zu erforschen.

„Hast du gedacht, ich habe keine Sehnsucht nach zu Hause?" Maria schüttelte ihre schwarzen Locken. „Es ist ja wunderschön hier, aber allmählich freue ich mich doch sehr auf Paps und Dan und Peggy. Überhaupt auf Buchenloh."

„Ich dachte nur..." Gaby wußte nicht recht, wie sie das erklären sollte. Eigentlich war Italien ja die Heimat der kleinen Schwester. Es hätte sein können, daß es ihr hier besser als in Deutschland gefiel. Andererseits fühlte Gaby, wie traurig sie der Gedanke machte. Buchenloh war doch auch Marias Zuhause, dort hatte sie Eltern und Geschwister.

„Pulciano freut sich bestimmt, wenn wir übermorgen wieder da sind", fuhr Maria fort. „Um ehrlich zu sein, ich kann's gar nicht erwarten."

„Mir geht es genauso." Gaby legte ihr den Arm um die Schultern.

Einig wie selten während dieser Reise gingen die Schwestern durch einen Torbogen und bogen gleich darauf nach links in eine schmale überdachte Gasse ein. Der Weg lief direkt auf eine hohe Mauer mit einem Eisentor zu. An jeder Seite waren oben auf der Mauer Wachtürme, zwischen denen ein Soldat mit Gewehr patrouillierte.

In der nächtlichen Dunkelheit machte der Bau einen ausgesprochen geheimnisvollen Eindruck, war unheimlich und bedrohlich.

Unwillkürlich griff Maria nach Gabys Hand, die lose auf ihrer Schulter lag. „Was mag das sein?"

„Ich weiß nicht", sagte Gaby.

In diesem Augenblick bemerkte sie genau wie Maria das Auto, das in einiger Entfernung hielt. Ein Mann in einem grauen Anzug stieg aus dem Wagen und ging auf das Eisentor zu. Er drückte einen Klingelknopf und sprach leise in die Sprechanlage. Mit feinem Surren schwang das Tor auf, ein langer, gepflasterter Gang wurde sichtbar, in dem der Mann verschwand.

Es surrte wieder. Das Eisentor schwappte mit dumpfem Knall ins Schloß.

„Hast du gesehen? Da war niemand sonst." Maria zog unbehaglich die Schultern hoch. „Und der Wachsoldat dort oben hat die ganze Zeit aufgepaßt."

„So wie das befestigt ist, scheint es ein Gefängnis zu sein. Obwohl ich mir gar nicht vorstellen kann, daß diese Stadt ein so großes braucht." Gaby hatte es auf einmal eilig, aus der Nähe dieses Gebäudes wegzukommen. „Laß uns zu Mam gehen. Sie wartet sicher schon auf uns."

Die beiden Mädchen hatten Corinna auf dem großen Platz in einem Straßencafé zurückgelassen. Auf dem Weg dorthin nahm Gaby die Gelegenheit wahr, mit Maria über diesen Roberto Girotti zu sprechen.

„Findest du nicht, daß er Mam richtig den Hof gemacht hat?" fragte sie.

„Was ist dabei?" Maria lachte. „Mam ist ja auch wunderschön."

Die Schwester verstand einfach nicht, worauf sie hinauswollte. Gaby strich sich das Haar hinter die Ohren. Es ging doch nicht darum, festzustellen, ob Mam gut aussah oder nicht.

„Sie ist eine verheiratete Frau", platzte sie heraus. „Denkst du denn gar nicht an Paps?"

Doch Maria sah da keine Probleme. Man brauchte doch nur Roberto Girotti mit Paps zu vergleichen, dann war alles klar: Der Italiener war wirklich nett, aber mehr nicht. Paps, fand sie, war tausendmal netter, lieber. Und er sah mindestens dreimal so gut aus.

„Hoffentlich denkt Mam genauso." Gaby seufzte.

„Mam würde niemals..."

Weiter kam Maria nicht. Gaby fiel ihr ins Wort: „Paps hast du das zugetraut. Denk bloß mal an Dänemark! Da hast du dich direkt angestellt."

„Das war etwas ganz anderes", behauptete Maria, die sich nur ungern daran erinnern ließ, wie eifersüchtig sie wegen Tove gewesen war. Dabei hatte sie die Frau von Hannos dänischem Freund sehr gern gehabt. Nur daß sie manchmal so vertraut mit dem Vater zusammengesessen und sich unterhalten hatte, war ihr verdächtig vorgekommen.

„Im übrigen hatte Mam in Siena überhaupt keine Gelegenheit, mit diesem Roberto Girotti näher bekannt zu werden. Wir waren doch dabei. Insgesamt hat sie ihn höchstens zwei Stunden gesehen."

So unrecht hatte die kleine Schwester nicht, überlegte Gaby. Ein Unterschied zu Dänemark bestand. Der Vater war mit Tove täglich zusammen und Marias Eifersucht dennoch lächerlich und grundlos gewesen. Da brauchte sie sich nicht wegen eines Mannes zu grämen, den die Mutter einmal gesehen hatte.

„Bin ich froh", gestand sie freimütig, „daß ich mal mit dir darüber gesprochen habe, Maria. Jetzt sieht die Sache doch anders aus."

Gaby bekam ein wenig ein schlechtes Gewissen. Bisher hatte sie alle Bemühungen Corinnas, mit ihr über den Italiener zu sprechen, abgewehrt. Eine Unterredung, wie die Mutter sie sich gedacht hatte, war noch nicht zustande gekommen.

„Da ist schon die Zisterne." Maria beschleunigte ihre Schritte.

Sogar zu dieser Abendstunde war der Brunnen von Tauben umlagert. Sie saßen auf dem Brunnenrand und auf den Stufen darunter. Gurrend oder den Kopf müde unter die Flügel gesteckt, erwarteten sie die Nacht.

„Da ist auch Mam."

Unvermittelt blieb Gaby stehen. Die Mutter war nicht

allein. Ihr gegenüber saß an dem kleinen Tisch ein Mann, der dem Mädchen irgendwie bekannt vorkam. Nach den schwarzen Haaren zu urteilen, mußte es ein Italiener sein.

„Wer ist das?" fragte sie.

Achselzuckend antwortete Maria: „Ich weiß nicht."

In diesem Augenblick wendete der Mann den Kopf, und sie konnten sein Profil sehen.

„Roberto Girotti." Gaby stöhnte richtig. „Wie kommt der denn hierher?"

Wie festgewurzelt blieb sie am Brunnen stehen. Ihr letzter Abend hier in Italien! Sie hatte sich so darauf gefreut. Nur schöne Dinge hatten sie sich vorgenommen: lecker essen gehen, noch einmal durch die Straßen bummeln, einen Blick in den Dom mit seinen bunten Fresken werfen. Gerade noch hatte Maria sie davon überzeugt, daß sie sich wegen Mam und ihrem italienischen Verehrer keine Gedanken zu machen brauchte. Und nun das!

„Was ist los? Kommst du nicht?" Erst nach einigen Schritten merkte Maria, daß die Schwester ihr nicht folgte. Sie machte kehrt.

Mit zusammengezogenen Brauen blickte Gaby hinüber zu dem Tisch. „Ich habe keine Lust, mit dem den Abend zu verbringen."

Maria fühlte sich hin und her gerissen. Einerseits verstand sie den Kummer der Schwester. Das Auftauchen Roberto Girottis machte ihr ebenfalls zu schaffen. War sie dem Italiener in Siena noch völlig unbefangen begegnet, so hatte sich das nach der Unterredung mit Gaby geändert. Sie konnte ihn nicht mehr unvoreingenommen sehen.

Daß Mam mit ihm in dem Café saß und sich gut mit ihm zu unterhalten schien, ja, über ihrem Gespräch ihre Töchter offensichtlich nicht vermißte, schien ihr auf einmal genauso schlimm wie Gaby. Doch im Gegensatz zur Schwester wollte sie die Mutter auf keinen Fall lange allein lassen. Wenn da schon jemand war, schien es ihr besser, ihn im Auge zu behalten.

„Laß uns lieber hingehen", sagte sie. „Am besten weichen wir Mam den ganzen Abend nicht mehr von der Seite."

Das überzeugte Gaby nicht ganz. Sie zögerte und warf böse Blicke in Richtung des Tisches.

„Außerdem wollte Mam mit uns essen gehen", versuchte Maria es weiter.

Das half. Obwohl Gaby mollig war und mit Pubertätsspeck, wie Corinna das nannte, zu kämpfen hatte, aß sie schrecklich gern. Daß sie dieser Roberto Girotti um ein leckeres italienisches Abendessen brachte, kam nicht in Frage.

„Also gut."

Corinna Waldmann winkte freundlich und strahlte ihre Töchter unbefangen an, als sie sich dem Tisch näherten. Auch Roberto Girotti schien erfreut, die beiden Mädchen zu sehen.

„Seht mal, wen ich hier ganz zufällig getroffen habe", sagte Corinna.

An diesen Zufall mochte Gaby nun allerdings nicht glauben. Sie war sicher, daß der Italiener nur wegen Mam nach San Gimignano gekommen war. Sie verstieg sich sogar so weit, daß sie an eine heimliche Verabredung der beiden glaubte. Mam hatte mit dem Fremden englisch gesprochen. Da hatte sie, Gaby, nicht alles verstehen können.

Wie ungerecht sie die Mutter dabei beurteilte, wurde Gaby nicht bewußt. Nie hatte Corinna Anlaß gegeben, an ihr zu zweifeln. Und tief in ihrem Innern war das Mädchen auch überzeugt davon, daß es für die Mutter nur einen Mann gab, Paps.

Doch zur Zeit war Gaby mit sich und der Welt verfeindet. Es drängte sie nach Hause, weil da Ralf war und sie wissen wollte, wie das Wiedersehen ausfiel. Würde sie noch genauso empfinden wie im letzten Sommer? Würde Ralf sie noch nett finden? Sie wußte es nicht. Das machte sie unsicher, nicht nur hinsichtlich ihrer Gefühle, sondern gegenüber Gefühlen überhaupt. Wie leicht konnte sich etwas ändern. Vielleicht mochte Ralf auf einmal Peggy oder Daniela lieber, weil er so oft mit ihnen zusammen war?

Und wenn Ralf auf einmal sein Herz für eine der Schwestern entdeckte oder längst schon für eine Studentin schwärmte, warum sollte das bei Mam nicht genauso sein? Vielleicht fand sie diesen Roberto Girotti mit seinen grauen Haaren und den feurigen schwarzen Augen nun netter als Paps.

„Das ist wirklich ein Zufall", meinte Gaby.

Corinna entging die Ironie. Sie ahnte nicht, mit welchen unnützen Gedanken sich ihre Große herumschlug. Wie Gaby hatte sie sich vorgenommen, ihren letzten Abend in Italien von Herzen zu genießen. Als Roberto Girotti plötzlich vor ihr gestanden und unverhohlen seine Freude gezeigt hatte, hatte sie ihn wie einen alten Bekannten begrüßt. Bald darauf waren sie in ein Gespräch vertieft, das sich um Kunst drehte, ein Gebiet, auf dem Girotti sehr beschlagen war.

Jetzt winkte sie dem Kellner. „Ich habe meinen Töchtern ein gutes Abendessen versprochen."

Der Italiener sah von einem zum andern und bat in so liebenswürdiger Weise darum, sie begleiten zu dürfen, daß selbst Gaby sich dabei ertappte, wie sie lächelnd nickte.

Da Roberto Girotti sich in dieser Stadt so gut auskannte wie in Siena, schlug er *La Mangiatoia* vor, ein Lokal, das etwas versteckt in einer Nebenstraße lag und nur Spezialitäten anbot. Es gelang ihnen sogar, einen schönen Tisch am Fenster zu ergattern.

Auch bei der Auswahl der Speisen war ihr Begleiter sehr hilfreich. Jedenfalls schmeckte alles vorzüglich. Sie fingen an mit der Antipasta, lauter köstlichen Kleinigkeiten wie eingelegten Oliven, die nicht an die bitteren, selbstgepflückten erinnerten, bis hin zu dem feinen Parmaschinken, Artischockenherzen und Bohnen mit Thunfisch. Danach gab es ein kleines Nudelgericht, grüne Bandnudeln in einer sahnigen Soße, die nach Pilzen schmeckte. Als Hauptgericht aßen sie Kaninchen mit verschiedenen Gemüsen.

Voller Überraschung stellte Gaby fest, daß ihr Roberto Girotti während des Essens sympathischer wurde. Er bemühte sich, sie und Maria ins Gespräch einzubeziehen, sprach langsam und in einfachen englischen Sätzen.

Manchmal half Maria mit ihren Italienischkenntnissen aus.
 Eifrig damit beschäftigt, ihr Kaninchenfleisch aufzuessen, erzählte Maria plötzlich: „Wir haben unterwegs etwas Merkwürdiges gesehen, ein Gebäude mit einer Mauer und Wachtürmen darauf."
 „Ein Gefängnis möglicherweise", meinte Corinna, „obwohl ich mir nicht vorstellen kann, daß es hier so etwas gibt."
 Auf ihre Frage hin erklärte Roberto Girotti: „Well, it's a prison."
 Nun erfuhren sie, daß San Gimignano sogar ein unverhältnismäßig großes Gefängnis hatte. Darin wurden nicht nur die Einheimischen untergebracht, die sich etwas zuschulden kommen ließen, sondern es war ein Gefängnis für die ganze Region.
 „Oh, ich verstehe, ein Mittelpunktgefängnis, so wie wir auf eine Mittelpunktschule gehen." Maria wollte sich ausschütten vor Lachen. Die Verbindung von Schule und Gefängnis gefiel ihr.
 Roberto Girotti wußte noch mehr. Er berichtete ihnen, daß man gerade dabei war, ein neues Gefängnis zu bauen. Wenn man von San Gimignano nach Volterra fuhr, kam man mitten in der allerschönsten Landschaft zu einem Platz, wo die Gefängnismauern mit den vier Wachtürmen an jeder Ecke schon errichtet waren.
 „Schrecklich." Corinna zog die Schultern hoch. „Schade um die Landschaft."
 „Stimmt", pflichtete Gaby ihr bei, „die Gefangenen haben sicher nichts davon."

Mit feinem Gespür dafür, daß Corinna der Gedanke an dieses Gefängnis bedrückte, wechselte Roberto Girotti das Thema. Er griff nach dem kleinen Prospekt, der auf dem Tisch lag und in dem auf englisch und italienisch in Strophen beschrieben wurde, wie zwei junge Leute fast verzweifelten, als sie eines Tages das Restaurant geschlossen fanden.

„Kann ich gut verstehen", sagte Gaby und warf begehrliche Blicke auf die Vitrine mit dem Nachtisch.

Kopfschüttelnd faltete Corinna ihre Serviette zusammen. „Also gut, sucht euch etwas aus. Ich kann beim besten Willen nichts mehr essen. Aber ich trinke noch einen Espresso."

Das ließen sich Maria und Gaby nicht zweimal sagen. Sie gingen hinüber zu der Vitrine, schauten und wählten lange. Schließlich nahmen beide dasselbe: Pan Rozzo, Mandelkuchen mit Schokoladenglasur.

Belustigt sahen die Mutter und der Italiener ihnen zu. Während sie in Muße ihren Espresso trank, erzählte Corinna, deren Gedanken sich längst auf der Heimreise befanden, dann von Buchenloh. Sie beschrieb das Haus und seine Umgebung, gab einen Überblick über die Tiere, berichtete von der vielen Arbeit, die alles machte. Und immer wieder kam sie auf die zu sprechen, die sie zurückgelassen hatten: Hanno und die beiden anderen Töchter.

Als Gaby und Maria aufgegessen hatten, beteiligten sie sich am Gespräch und schilderten Buchenloh in den glühendsten Farben.

„Well, I understand", sagte Roberto Girotti, „it's like

paradise." Ihm war nicht entgangen, daß die Augen von Mutter und Töchtern leuchteten, wenn sie ihm von den Schönheiten dieses Buchenloh erzählten.

„Ein Paradies?" Corinna nickte. Ja, das war genau der richtige Ausdruck dafür. Deshalb fiel es ihr nicht schwer, Italien, das sich von seiner besten Seite gezeigt hatte, zu verlassen. Am schönsten war es zu Hause. Darin wußte sie sich mit Gaby und Maria einig. Vor allem aber war da die Sehnsucht nach den beiden Mädchen und nach Hanno.

„Und nach Rolf, Mam, nach dem hast du doch auch Sehnsucht?" fragte Maria.

Corinna drückte ihre Jüngste an sich, während sie dem Hotel zusteuerten. Sie konnte nicht leugnen, daß der Hund sie in Gedanken oft beschäftigte. Daß sie dabei mehr daran dachte, wie sein Verschwinden auf Dan wirkte, mochte sie Maria nicht sagen. Auf den letzten Abend sollte kein Schatten fallen.

Selbst Gaby, die in Siena in Gegenwart ihres italienischen Begleiters ein ziemlich mauliges Gesicht gezeigt hatte, war den Abend über freundlich und aufgeschlossen gewesen. Da wollte Corinna nicht trübsinnige Gedanken aufkommen lassen. Vielleicht hatte sie sich in Siena geirrt. Daß Gaby so schlecht gelaunt gewesen war, mußte nichts mit Girotti zu tun haben. Das konnte tausend andere Gründe gehabt haben. Irgendwie erleichterte Corinna das, und sie war froh, daß es zu einem Gespräch bisher nicht gekommen war.

Vor dem Hoteleingang verabschiedete sich Roberto Girotti. Er machte das so freundlich und munter, daß

Corinna nicht umhin konnte, ihm die heimatliche Adresse zu geben. Sie merkte nicht, daß Gabys Gesicht sich verdüsterte und selbst Maria ihr Tun mit Argusaugen verfolgte.

Maria winkte Girotti trotzdem nach, wenn auch mit einer gewissen Erleichterung. Sollte der Italiener ruhig nach Buchenloh kommen, sie sah da keine Gefahr. Da war ja Paps, und notfalls waren da die Schwestern.

Roberto Girotti schaute über seine Schulter zurück. „La vita è bella... godila!"

Gleich darauf war er durch den Torbogen, der nach Süden führte, verschwunden.

Mit deutlichem Mißtrauen wollte Gaby wissen: „Was hat er gesagt, Maria?"

„Das Leben ist schön..., genieße es!"

Wiedersehen mit kleinen Schatten

Der Hund konnte ihr nicht entgegenkommen, sie schwanzwedelnd und freudig bellend begrüßen. Daran hatte sich Daniela in den letzten Tagen gewöhnt, obwohl es ihr einen Stich gab und sie fast zum Weinen brachte.

Auch sonst machte Buchenloh einen verlassenen Eindruck, als sie nach Hause kam. Sie probierte die Klinke. Abgeschlossen. Paps und Peggy waren noch unterwegs.

Bevor Daniela den Schlüssel ins Schloß steckte, schaute

sie sich um. Seltsam, sie konnte sich nicht daran erinnern, daß sie schon einmal allein das Haus gehütet hatte. Einer von der großen Familie war eigentlich immer da, Mam oder Paps oder zumindest eine der Schwestern.

Die Tiere waren natürlich auch jetzt in ihren Ställen oder auf der Weide. Aber keins kam angelaufen, um sie zu begrüßen. Das hätte nur Rolf getan. Panda, der schwarzweiße Kater, der unten in der Tenne auf seinem Platz lag, stand zwar auf, als sie hereinkam. Doch er reckte nur seinen Schwanz in die Höhe, drehte sich um sich selbst und rollte sich erneut auf seiner Decke zusammen. Er war allzusehr Peggys Kater. Nur ihr allein schenkte er überhaupt Beachtung.

Daniela nahm gleich zwei Treppenstufen auf einmal. Doch oben in ihrem Zimmer hielt es sie nicht lange. Sie fütterte Pulciano und hielt ihm ihren Zeigefinger hin, so, wie die kleine Schwester das machte. Der Vogel drehte den Kopf weg und begann mit dem Schnabel sein grünes Federkleid zu putzen. Da konnte sie nichts machen. Außer mit Maria, seiner Besitzerin, spielte der Wellensittich eben nicht.

„So was Blödes", knurrte Daniela.

Es war dumm von ihr, daß sie sich zurückgestoßen fühlte. Schuld daran waren nicht der Vogel oder Panda; schuld daran war das leere Haus. Sie fühlte sich einsam und verlassen.

So schnell, wie sie die Treppe hochgestiegen war, sprang Daniela sie wieder hinunter. Sie hatte Hunger. Sie würde das Essen vorbereiten. Dann ging die Zeit schneller um.

Erst als sie den Kühlschrank öffnete, fiel ihr ein, daß der Vater das Abendbrot längst vorbereitet hatte. Selbstgemachte Pizza, belegt mit Pilzen und Spinat, sollte es geben. Das Blech mit dem vorbereiteten Teig stand oben auf dem Schrank. Das Gemüse und der geraspelte Käse standen in Schüsseln fertig neben dem Herd.

Ein Festessen! Daniela grinste. Alle diese Vorbereitungen hatten einen Grund. Heute war der von allen herbeigesehnte Tag: Mam und Gaby und Maria kamen nach Hause.

Paps hatte sie und Peggy zwar gewarnt, daß es spät werden konnte. Aber was machte das schon! Vielleicht hatten sie Glück, und Mam schaffte die Strecke schneller, als man dachte.

Unschlüssig sah sich Daniela in der Küche um, nachdem sie sich ein Glas Milch eingegossen hatte. Was blieb da noch zu tun? Unwillkürlich dachte sie an die Schule. Wenn jetzt keine Ferien gewesen wären, hätte sie Aufgaben machen können.

„Also, das ist nun total verrückt", schimpfte Daniela sich selbst aus. „In Buchenloh gibt's wirklich Besseres zu tun."

Da es schon gegen sechs Uhr abends war, konnte sie die Tiere versorgen. Dann hatten sie hinterher mehr freie Zeit. Sie ging hinunter zu der Weide am Fluß und holte Max, den Zwergesel, und das Pferd. Sie führte es am Halfter, und als Mara zwischendurch den Kopf wendete und mit ihren rauhen Lippen an ihrem Hals nach Eßbarem suchte, fühlte sie sich einigermaßen getröstet.

„Du bist doch die Beste", schmeichelte sie dem Pferd.

Gleich darauf kraulte sie den Esel, der bereitwillig neben

ihr hertrottete, hinter den Ohren. „Du bist auch ein prima Kerl."

Allein hatte Daniela die Tiere noch nie versorgt. Sie mußten gefüttert werden. Bei den Kaninchen und Meerschweinchen war es nötig, die Käfige zu säubern. Während sie dabei war, kam Pelz, der rot-weiße Kater, an und strich um ihre Beine. Er war kein besonders häuslicher Kater; anhänglich war er nur als kleines Kätzchen gewesen.

„Da hast du auch noch Miez geheißen." Daniela stellte dem Kater eine Schüssel Milch hin. „Heute kommst du nur zum Fressen."

Sie erinnerte sich noch genau an die alte Frau, von der die Katze stammte. Frau Rüttgers hatte sich entschließen müssen, ins Altersheim zu gehen. Dorthin durfte sie ihr Kätzchen „Miez", wie sie es liebevoll nannte, nicht mitnehmen. Sie war extra den weiten Weg mit dem Bus gefahren, um sich zu überzeugen, daß Miez in Buchenloh ein gutes Zuhause gefunden hatte.

Es war Gaby gewesen, die eines Tages festgestellt hatte, daß das Kätzchen keine Katze, sondern ein Kater war, der sich noch dazu zu einem Riesentier entwickelte. Da hatten sie ihn einfach umbenannt. Aus „Miez" war „Pelz" geworden, weil der große Kater aus nichts anderem zu bestehen schien. Sein Haarkleid war außerordentlich dicht und lang.

Daniela sah ihm nach, wie er, kaum daß er ausgetrunken hatte, durch die Stalltür nach draußen stolzierte. Dann machte sie weiter die Käfige sauber.

Sie war so damit beschäftigt, daß sie das Auto, das auf

den Hof fuhr, überhörte.

„Nanu, unseren Empfang habe ich mir aber anders vorgestellt!" Gaby atmete tief ein. Ja, das war Buchenloh. Sie hatten es geschafft. Sie waren endlich wieder daheim.

Mit hoch ausgestreckten Armen drehte Maria sich einmal um sich selbst. „Egal, Hauptsache, wir sind zu Hause. Mamma mia, ist das schön."

Leicht verwundert registrierte Corinna, daß offensichtlich niemand zu Hause war. Damit hatte sie nicht gerechnet. Die letzten hundert Kilometer waren sie und die beiden Mädchen damit beschäftigt gewesen, sich auszumalen, wie es sein würde. Daran, daß Buchenloh verlassen daliegen könnte, hatte keine von ihnen gedacht.

„Es wird doch nichts passiert sein?" fragte Gaby besorgt.

Auch Corinna war schon bereit, das Schlimmste anzunehmen, da rief Maria: „Im Stall brennt jedenfalls Licht."

„Vielleicht ist nur was mit den Tieren." Schneller als die Mädchen hatte Corinna die Stalltür erreicht.

Sie fand zwar nicht, wie sie erwartet hatte, Hanno und ihre Töchter, sondern nur Daniela, die gerade die Schaufel mit dem Mist in der Hand hielt.

„Dan, mein Mädchen, wie schön, dich wiederzusehen." Corinna zog die völlig Überraschte in ihre Arme und drückte sie an sich. „Wieso bist du allein?"

In hohem Bogen flog die Schaufel in die Ecke. Der Mist kollerte zu Boden. Ihr war es egal. „Mam, o Mam, bin ich froh, daß du, daß ihr wieder da seid."

Nun wurden die Schwestern ebenfalls umarmt. Fragen, halbe und ganze Sätze schwirrten hin und her, so daß niemand mehr ein Wort verstand. Die Mädchen störte das nicht.

Erst als der erste Trubel sich einigermaßen gelegt hatte, drang Corinna mit ihrer Frage durch: „Wo sind Peggy und Hanno, Dan?"

„Um ehrlich zu sein, ich weiß es nicht. Sie müßten längst hier sein."

So machten sie sich daran, das Auto auszuladen. Sie brachten die Koffer und Taschen ins Haus, packten aus, sortierten die schmutzige Wäsche und luden die Waschmaschine für die erste Runde.

Dann zeigte Daniela ihnen, was in der Küche zum Empfang vorbereitet war.

„Das tröstet mich." Gaby warf begehrliche Blicke auf die halbfertige Pizza. „Ich dachte schon, ihr hättet vergessen, daß wir heute zurückkommen."

Maria, die ebenfalls angesichts der Pizza Hunger verspürte, schlug vor: „Wir könnten schon mal den Tisch decken."

Während sie und Daniela das machten, belegten Corinna und Gaby den Teig mit Spinat und Pilzen, würzten und gaben den Käse darüber.

„So", meinte Corinna, „bevor ich das Blech in den Ofen schiebe, werde ich bei Doktor Zander anrufen. Vielleicht weiß er, wo die beiden abgeblieben sind."

„Das mache ich." Gaby wetzte aus der Küche, als müsse sie eine sportliche Hochleistung vollbringen.

Mit verständnisvollem Lächeln sah Corinna ihr nach. Aha, immerhin erwartete Gaby wohl, daß Ralf ans Telefon

gehen würde. Diese Chance wollte sie ihr nicht nehmen.
 Es dauerte nicht lange, bis Gaby zurückkam. Corinna konnte ihr vom Gesicht ablesen, daß das mit Ralf nicht geklappt hatte. Trotzdem sah das Mädchen nicht unglücklich aus, nein, sie lächelte verklärt, als hätte ihr jemand ein Geschenk gemacht.
 „Er hat gesagt, sie sind unterwegs. Sie sind vor einer Viertelstunde abgefahren."
 Daniela, die im Türrahmen lehnte, runzelte die Stirn mit den feinen Sommersprossen. „Und warum kommen sie so spät? Hat er das auch gesagt?"
 „Nein, er hat nur so eine komische Andeutung gemacht. Sie hätten noch ihren Erfolg mit einem Gläschen begießen müssen."
 „Was für einen Erfolg?" erkundigte sich Daniela.
 Gaby zuckte die Achseln. Der nette Doktor Zander hatte nicht nur Andeutungen darüber gemacht. Er hatte sie wegen Ralf geneckt und ihr versichert, daß er den jungen Mann spätestens morgen früh hinaus nach Buchenloh schicken würde. Doch davon sagte sie den andern nichts.
 „Vielleicht meint er mit Erfolg, daß sie die Tierfänger gefaßt haben", überlegte Maria. „Das wäre klasse."
 „Oder sie haben Rolf gefunden." Daniela konnte es nicht verhindern, daß ihr bei diesen Worten Tränen in die Augen stiegen.
 Die ganze Zeit über hatte sie sich bemüht, tapfer zu sein. Während des Pläneschmiedens, als es darum ging, wie man der Tierfänger habhaft werden könnte, hatte sie sich zusammengenommen und versucht, nicht nur an Rolf,

sondern auch an die anderen Tiere zu denken. Stundenlang hatte sie in den letzten Tagen einen Terrier bewacht, hatte ihn auf seinen Streifzügen durch die Straßen verfolgt und genau beobachtet. Die oft langweiligen Stunden vergingen langsam. Es war kalt und regnerisch gewesen. Doch all das hatte ihr nichts ausgemacht. Bald ist Rolf wieder da, hatte sie sich getröstet.

Besorgt sah Corinna, wie es in Danielas Gesicht arbeitete. Genau das hatte sie erwartet. Die Tochter glaubte, wenn sie die Tierfänger gefaßt hatten, bekomme sie Rolf zurück. Aber vermutlich hatte das eine mit dem anderen wenig zu tun. Es war völlig ungewiß, ob die Tiere, die einmal eingefangen waren, je wieder auftauchten. Wie sollte sie Dan bloß trösten?

„Wenn es gelungen ist, die Tierfänger zu finden", begann sie vorsichtig, „ist das ein großer Erfolg, Dan."

„Ich weiß, Mam." Daniela schluckte mühsam die Tränen herunter. „Ich will gar nicht weinen. Ich bin nur so froh, daß ihr wieder da seid."

„Und wer freut sich darüber, daß ich wieder da bin?" fragte Hanno Waldmann von der Tür aus.

Und jetzt begann die zweite Begrüßungszeremonie, die der ersten in keiner Weise nachstand. Gaby und Maria drängten sich an ihren Vater, umarmten und küßten ihn, bis er schließlich beinahe hilflos die Arme nach Corinna ausstreckte.

„Komm her, mein Weib, und erlöse mich."

Während Gaby und Maria zurücktraten, sagte Corinna lächelnd: „Doch, ich bestehe auf meinem Recht. Mir steht ein Begrüßungskuß zu."

„Mehr als einer", sagte Hanno Waldmann und setzte seine Worte in die Tat um.

Die vier waren gewöhnt, daß die Eltern liebevoll und zärtlich miteinander umgingen. Ein Kuß war für sie etwas Selbstverständliches. Doch diesmal hatten Hanno und Corinna zwei aufmerksame Beobachter.

Maria stieß Gaby mit dem Ellbogen an. „Siehst du, alles in Ordnung."

Mit ihren Gedanken schon bei anderen Dingen, nickte Gaby. Tief im Innersten spürte sie so etwas wie Neid. Schön mußte das sein, wenn man so wie Mam von seinem Mann empfangen wurde. Wenn Ralf mich auf diese Weise begrüßte... Gaby schoß das Blut in den Kopf. Der Gedanke war kaum zu Ende gedacht, da wußte sie, darüber durfte sie mit niemandem sprechen, nicht einmal mit den Schwestern.

Zum Glück bemerkten weder Hanno noch Corinna oder die Schwestern in dem Begrüßungstrubel, wie aufgewühlt sie war. Auf Corinnas Vorschlag hin begab man sich schon in die Anrichte und setzte sich um den großen Tisch.

Die Hände hinter dem Kopf verschränkt, sah Hanno Waldmann in die Runde. Ja, das gefiel ihm. Endlich waren seine fünf Frauen wieder um ihn versammelt. Erst jetzt wurde ihm bewußt, wie sehr er die drei vermißt hatte. Die halbierte Familie war überhaupt nicht nach seinem Geschmack, obwohl er sich klarmachte, daß es eines Tages so sein würde: Ein Mädchen nach dem anderen würde weggehen, um sein eigenes Leben zu leben. Er unterdrückte einen Seufzer. Wie gut, daß es noch nicht soweit war.

Es schien, als habe Daniela ähnliche Gedanken. Sie drückte seine Hand und blinzelte ihm zu. „Das ist was anderes als die Schrumpffamilie, was, Paps?"

Als er bestätigend nickte, sagte sie: „Aber nun erzählt doch erst mal, warum ihr so spät gekommen seid."

Peggy, die darauf bestanden hatte, neben Corinna zu sitzen, schob die Lippen vor. Ihre dunklen Augen strahlten. Die Wiedersehensfreude war ihr anzusehen. Jetzt lachte sie.

„Wird aber Zeit. Ich dachte schon, keiner will es wissen. Dabei haben wir etwas Sensationelles erlebt."

Gespannt beugten sich alle außer Hanno vor. Das war die Aufmerksamkeit, die Peggy gebraucht hatte. Sie berichtete.

An diesem Nachmittag waren die Tierfänger tatsächlich in die Falle gegangen. Sie hatten sich ausgerechnet Percy, den grau getigerten Kater, den Peggy bewachte, geschnappt. Gegen halb fünf war das gewesen. Ehe Peggy sich's versah, hatte ein junger Mann sich den auf einer Mauer dösenden Kater gegriffen und war mit ihm in einem wartenden Lieferwagen verschwunden.

„Es ging so schnell, daß ich im ersten Augenblick nicht wußte, was los war." Peggy machte eine kleine Pause, um ein Stück von der Spinatpizza in den Mund zu schieben. „Hm, Mam, schmeckt großartig."

Hanno spielte den Gekränkten. „Du vergißt, wer diese köstliche Pizza gemacht hat."

Ungerührt aß Peggy weiter. „Mam hat sie belegt."

Corinna streckte die Hand aus und streichelte seine Wange, bis die letzte Kummerfalte verschwunden war. „Eine Gemeinschaftsproduktion, bei der du 75 % der Komplimente einstecken darfst. Was hältst du davon?"

„Einverstanden", sagte Hanno.

„Ich würde gern hören, wie's weitergegangen ist", drängte Daniela.

„Wir eigentlich ebenfalls", stellten Gaby und Maria fest. „Also los, Peggy."

„Es hat phantastisch funktioniert. Ralf, der mit der Autowache für Percy zuständig war, hat Paps sofort verständigt und ist dem Wagen gefolgt. Paps hat inzwischen die Polizei benachrichtigt."

In Erinnerung daran verzog Hanno das Gesicht. „Die haben sich zuerst keineswegs so gefreut, wie ich gedacht habe. Ich hatte nämlich vergessen, daß wir uns eine Funklizenz hätten besorgen müssen. Man darf nicht ohne weiteres irgendwo kleine Sender anbringen und einen Empfänger im Auto deponieren. Erst als Doktor Zander sich eingeschaltet hat, ging das in Ordnung. Das heißt, unter Umständen muß ich mit einer Anzeige rechnen. Doch so schlimm wird's hoffentlich nicht werden."

„Und die Tierfänger, was war mit denen?" Obwohl Daniela sonst für alles, was den Vater betraf, ein offenes Ohr hatte, schien ihr die Strafe, die er vielleicht zu erwarten hatte, im Augenblick ganz unwichtig.

„Ralf hat sie so lange verfolgt, bis die Polizei sie einholte. Er hat das großartig gemacht, wie ein richtiger Profi." Peggy richtete diese Worte in erster Linie an Gaby, die

plötzlich verlegen wurde, als alle sie anschauten.
„Das freut mich", stammelte Gaby.
Da Peggy nicht beabsichtigt hatte, die Schwester in Nöte zu bringen, fuhr sie schnell fort: „Dann wurden die beiden Männer, der junge und ein älterer, so um die fünfzig, verhaftet. Sie hatten dreiundzwanzig Tiere in ihrem Wagen."
Daniela öffnete den Mund, um eine Frage zu stellen. Gleich darauf preßte sie die Lippen fest aufeinander. Es hatte keinen Zweck, nach Rolf zu fragen. Wenn Paps und Peggy etwas von dem Hund wußten, hätten sie es ihr bestimmt gesagt. Unwillkürlich streckte sie unter dem Tisch die Hand aus.
Keinem am Tisch entging ihre Reaktion. Für Sekunden entstand betroffenes Schweigen. Hanno Waldmann wechselte mit seiner Frau einen Blick.
„Dan, so leid es mir tut", sagte er, „Rolf war nicht dabei. Bei der ersten Vernehmung hat sich jedoch ergeben, daß die beiden für die verschwundenen Tiere in den anderen Stadtteilen zuständig sind. Sie haben die Hunde und Katzen immer so schnell wie möglich an diverse Institute und Labors verkauft. Mit großer Wahrscheinlichkeit war Rolf eins der ersten Tiere in dieser Stadt, die sie erwischt haben."
„Wir hätten es nicht verhindern können." Peggys Stimme schwankte zwischen Empörung und Mitleid. „Sie haben sich einen ganz fiesen Trick ausgedacht. Bevor sie die Tiere mitgenommen haben, haben sie die Gegend als Hausierer ausgekundschaftet."

In Danielas grünen Augen blitzte es plötzlich kämpferisch. Sie richtete sich auf. „Hausierer sind hier in Buchenloh gewesen. Erinnerst du dich, Paps?"

Hanno nickte. „Ja, leider habe ich sie nicht gesehen. Das habe ich der Polizei gesagt. Wir beide, Peggy und ich, haben nur den Hund bellen hören. Du wirst deshalb wahrscheinlich eine Aussage machen müssen, ob du sie wiedererkennst."

„Das tu' ich, ist doch klar. Die sollen nicht davonkommen." Daniela schob den Teller von sich. „Ich kann nichts mehr essen, beim besten Willen nicht."

Corinna, die dem Gespräch aufmerksam gefolgt war, überlegte. Eine Frage mußte noch gestellt werden, selbst wenn die Antwort für Dan vielleicht alles noch schwerer machte. Doch das Mädchen sollte sich nicht noch tagelang mit Illusionen herumschlagen. Klarheit war besser.

„Besteht denn Aussicht, daß Tiere, die schon vor ein paar Tagen verkauft worden sind, wieder an die Besitzer zurückgegeben werden können?" fragte sie.

Nur zögernd gab Hanno darüber Auskunft. Er hatte der Polizei diese Frage gestellt. Und sie hatten ihm nicht viel Hoffnung gelassen.

„Nein, das ist höchst unwahrscheinlich. Nur die Besitzer der dreiundzwanzig Tiere können von Glück sagen."

Erschrocken starrten die drei Schwestern auf Daniela, die richtig blaß wurde. Jede von ihnen war tierlieb, und der Hund hatte für sie zu Buchenloh gehört, wie der Zwergesel, die Hühner und Gänse, die Schafe und die Ziege, die Kaninchen, Meerschweinchen, Katzen und Pulciano.

Doch jede von ihnen hatte ihr besonderes Lieblingstier. Und sie wußten, für Daniela war das Rolf gewesen.

„Schaut mich nicht so an!" Daniela krauste die Stirn mit den feinen Sommersprossen. Ihre Augen glänzten vor unterdrückten Tränen. „Ich schaffe das schon. Da komm' ich drüber weg."

Tapferes Mädchen! Corinna schenkte ihrer rothaarigen Tochter einen liebevollen Blick. Dann stand sie auf. Ein Schauplatzwechsel schien ihr angebracht.

„Was haltet ihr davon, wenn wir uns im Wohnzimmer noch ein bißchen zusammensetzen? Dan, du hast ja die Tiere so gut verorgt, daß wir noch reichlich Zeit haben."

„Au ja." Peggy setzte die Teller so eifrig aufeinander, daß es schepperte. „Jetzt seid nämlich ihr dran. Paps, Dan und ich wollen hören, was ihr in Italien erlebt habt. Alles, jede Klitzekleinigkeit!"

Ein Trostpflaster namens Hatto

So begierig, wie Corinna und die drei Mädchen Peggys und Hannos Bericht gelauscht hatten, hörten nun die Zuhausegebliebenen, was die Italienfahrer erzählten.

Nichts wurde ausgelasssen. Die zwei Wanderungen um San Gimignano herum und von Colle zur Stadt zurück wurden in allen Einzelheiten geschildert. Und dabei kamen Erinnerungen auf an die sanften Hügel der Toskana mit ihren Weinreben und Olivenbäumen, an die kräftig braun gefärbte Erde, frisch gepflügte Felder, an sommerlichen Himmel und Wärme, an die Geschlechtertürme der mittelalterlichen Stadt San Gimignano, die sie von der Ferne auf einem Hügel hatten liegen sehen. Doch auch den bitteren Geschmack der vom Baum gepflückten Oliven meinten Gaby und Maria wieder auf der Zunge zu spüren, als sie davon erzählten. Und sie sahen den ausgepreßten Treber auf den Feldern liegen und rochen die von säuerlichem Wein geschwängerte Luft.

„Es war einfach klasse", stellte Maria fest, „nicht so grau und trübe wie hier."

„Vor allem auch Siena war ein Erlebnis." Corinna strich sich eine Strähne ihres dunklen Haares hinters Ohr. „Es ist eine der schönsten Städte, die ich je gesehen habe."

Das war ein Ausflug, den Gaby am liebsten verschwiegen hätte. Wie sollten sie davon berichten, ohne auf Roberto Girotti zu sprechen zu kommen? Sie machte der kleinen Schwester mit der Hand heimlich Zeichen. Am besten erwähnten sie den Italiener mit keinem Wort.

Doch die Verständigung klappte nicht. Maria bezog das kurze Wedeln von Gabys linker Hand nicht auf sich und schon gar nicht auf den Mann, den sie in Siena kennengelernt hatten.

„Dort hat sich Mam einen Verehrer angelacht", platzte sie heraus.

„Was muß ich hören?" Hanno Waldmann zog die Augenbrauen hoch.

Diese Neuigkeit fanden Peggy und Daniela ebenfalls

interessant. Sie schauten sich an und kicherten. Dann lehnten sie sich abwartend zurück.

Jetzt war es an Corinna, verlegen zu werden. Drei Augenpaare mit unverhohlener Neugier auf sich gerichtet zu sehen, ließ eine sanfte Röte in ihre Wangen steigen. In diesem Moment sah sie ihrer Tochter Gaby noch ähnlicher als sonst.

Sie bedachte ihre Jüngste mit einem empörten Blick. „Also, Kind, so wie du es sagst, klingt es irgendwie..."

In der Hoffnung, daß Gaby ihr zu Hilfe kommen würde, wandte sie sich ihrer Großen zu. Doch die saß, selbst ein Bild höchster Verlegenheit, da und starrte auf ihre Hände.

Plötzlich mußte Corinna lachen. Ihre beiden Töchter glaubten doch nicht allen Ernstes, daß mehr dahintersteckte als eine lose Urlaubsbekanntschaft? Diese dummen Gören, was sie sich nur alles einbildeten.

„Ich sehe schon, ich muß beichten", sagte sie.

Hanno Waldmann beugte sich vor. Der Ausflug nach Italien hatte Corinna sehr gut getan. Reizend sah sie aus mit der leicht gebräunten Haut, die ihre blauen Augen besser zur Geltung brachte, und dem entspannten Lächeln. Kein Wunder, daß sie anderen gefiel. Er zwinkerte ihr zu.

„Wir haben Roberto Girotti in einem Lokal in Siena kennengelernt", begann sie.

„Er hat Mam aus dem Mantel geholfen." Maria fand jedes Detail wichtig.

Offensichtlich ging es den Schwestern genauso. Gaby

nickte bestätigend, und Peggy und Daniela waren ganz Ohr. Sie fragten nach und vergewisserten sich, daß sie die richtige Vorstellung von allem hatten. Daß der Italiener die Mutter und die Schwestern ins Dommuseum begleitet hatte, daß es durch Zufall in San Gimignano zu einem Wiedersehen gekommen war und daß er sie sogar zum Abschiedsessen ins *La Mangiatoia* geführt hatte, alles fanden sie höchst aufregend.

Während Maria versuchte, die Gespräche mit Roberto Girotti möglichst im Wortlaut wiederzugeben, hingen Peggy und Daniela gebannt an ihren Lippen. Nur Gaby richtete ihre Aufmerksamkeit auf etwas anderes. Unsicher und verstohlen beobachtete sie, wie der Vater diesen Teil der Ferienerlebnisse aufnahm. Sie erwartete mit heimlichem Bangen, daß seine Miene sich verfinsterte oder er die Stirn runzelte. Doch nichts von alledem geschah.

Gleichbleibend freundlich hörte der Vater Maria zu. Ja, die ausführliche Schilderung der kleinen Schwester schien ihn zu amüsieren. In seinen Augenwinkeln bildeten sich Lachfalten, und dann fuhr er sich mit der Hand durchs Haar, daß es ganz strubbelig abstand. Viel jünger sah er dadurch auf einmal aus, richtig jungenhaft, so wie manchmal, wenn er ihnen noch spät abends Kakao in die Zimmer hochbrachte oder mit ihnen einen Streich ausheckte. Gaby wunderte sich.

Erleichtert fühlte sie sich auf einmal und wegen dieses Roberto Girotti gar nicht mehr bedrückt. Was bedeuteten schon graue Schläfen und feurige schwarze Augen? Paps sah viel besser aus. Er war einfach ganz große Klasse.

„Über die Madonna von Duccio wußte er jedenfalls beinahe alles", meinte Corinna.
Hanno Waldmann griff nach ihrer Hand. „Wenn ich dich um eins beneide, dann darum, daß du sie im Original gesehen hast. Weißt du was, Schatz? Irgendwann fahren wir einmal beide zusammen nach Siena..."
„Ihr könnt ja eure zweite Hochzeitsreise dorthin machen", schlug Gaby vor.
Den Rest des Abends schien sie wie ausgewechselt. Sie alberte mit den Schwestern herum, erzählte in für sie ungewohnt spaßiger Art noch die eine oder andere kleine Begebenheit von der Reise, neckte Maria, lachte und kicherte gleichzeitig dabei mit ihr um die Wette. Corinna staunte. So aufgekratzt und munter hatte sie ihre Tochter während der Reise nie erlebt.
Selbst Daniela ließ sich von Gabys guter Laune anstecken und vergaß vorübergehend ihren Kummer um Rolf.
Doch genau wie bei Gaby hielt das nicht lange an. Als es Zeit fürs Bett wurde, und Corinna ihnen oben in ihren Zimmern liebevoll wie immer gute Nacht gesagt hatte, schliefen Peggy und Maria bald ein. Gaby und Daniela aber fanden keine Ruhe.
Daniela starrte, die Bettdecke bis zum Hals hochgezogen, an die Zimmerdecke. Sie fühlte sich hin und her gerissen. Einerseits, fand sie, mußte sie einfach froh sein. Denn es war ihnen gelungen, den Tierfängern das Handwerk zu legen. Die viele Mühe, die sie aufgewendet hatten, war nicht umsonst gewesen. Daß der Trick mit den kleinen Sendern Erfolg gehabt hatte, machte das Ganze noch

besser. Paps' Sinn fürs Technische war eben unschlagbar.
 Doch, darüber konnte sie sich freuen. Außerdem hatte der Tag noch etwas anderes gebracht, das noch besser war. Mam und die Schwestern – wie hatte sie die drei vermißt! Nun waren sie endlich wieder alle beisammen. Das war schon prima. Vor allem, daß Mam im Haus war, machte vieles einfacher. Mam wußte, wenn man Kummer hatte, ohne daß man viel Worte darüber verlor. Beim Gutenachtkuß hatte sie, Daniela, das sehr deutlich gespürt.

Was das bedeutete, daß der Hund nicht mehr da war, niemand erkannte das so gut wie Mam. Obwohl sie natürlich auch nicht alles wissen konnte! Daniela setzte sich im Bett auf und zog die Decke wie ein Zelt um sich. Jetzt saß sie da, als hätte sie sich in einer Höhle verkrochen. Sie fühlte sich gleich ein bißchen getröstet.

Trotzdem war dieses Gefühl der Leere noch da. Es schien vom Magen her zu kommen. Doch sie ahnte, daß es damit nichts zu tun hatte. Es hing mit dem Hund zusammen und mit Norman. Besonders wegen Norman fühlte sie sich verunsichert. Er hatte nichts von sich hören lassen, obwohl sie ihm in einem langen Brief von der Sache mit Rolf und ihrem Kummer darüber geschrieben hatte.

Daniela krümmte sich zusammen und preßte die Fäuste gegen die Augen. Er hatte sie vergessen, so einfach war das. In der Stadt, in der er lebte, gab es bestimmt viele nette Mädchen. Mädchen, die hübscher waren, keine roten Haare und Sommersprossen hatten, die nicht so burschikos und jungenhaft herumliefen.

Vor allem welche, die nicht dauernd ihre Tage kriegten.

Daniela unterdrückte mühsam ein Stöhnen, als sie das wohlbekannte Ziehen in der Leistengegend spürte. Nun konnte sie nicht mehr verhindern, daß ihr die Tränen über die Wangen rollten, als sie die Hände hochnahm und sich über die Stirn strich.

„Sei doch nicht so schrecklich traurig, Dan." Marias Hand bahnte sich einen Weg durch das Bettenzelt, bis sie die Wange der Schwester berührte. „Du hast doch uns. Und mit Pulciano kannst du jederzeit spielen."

„Ach, Maria!"

Daniela, die im Gegensatz zu den drei Schwestern nicht sehr zu Zärtlichkeiten neigte, zog Maria näher zu sich heran. Eng umschlungen saßen sie eine Weile da, während Daniela sich ihren Kummer von der Seele wisperte.

Nicht alles, was Daniela sagte, konnte Maria verstehen, einfach, weil viel zu leise gesprochen wurde. Trotzdem hielt sie ganz still, den Kopf an Daniela gedrückt, und versuchte ihr gut zuzureden.

Seite an Seite schliefen sie schließlich in Danielas Bett ein.

Im Zimmer nebenan hätte Gaby solch eine gute Trösterin ebenfalls gebrauchen können. Auch sie konnte nicht einschlafen, jedoch aus einem andern Grund als die Schwester. Ihre Gedanken waren völlig auf den morgigen Tag gerichtet.

Morgen würde sie Ralf wiedersehen, zum erstenmal seit einem Jahr. Plötzlich schien ihr das ungeheuer problematisch. Sicher, im vorigen Sommer hatte Ralf sie gemocht. Sie hatte sogar manchmal den Eindruck gehabt, daß er sie sehr gern hatte. Doch das konnte sich geändert haben. Ein Jahr war lang.

So lange schon studierte Ralf in Süddeutschland Tiermedizin. Bestimmt gab es Studentinnen, die sehr nett waren und dasselbe Fach studierten. Und eins hatten die ihr alle voraus: Sie waren älter und reifer, nicht so fürchterlich unsicher.

Es war durchaus möglich, daß Ralf in ihr nur ein kleines Mädchen sah. Er konnte ja nicht wissen, womit sie sich in Gedanken beschäftigte und daß sie sich manchmal schon sehr erwachsen fühlte. Ohne daß sie es verhindern konnte, sah Gaby Paps vor sich, wie er die Mutter zur Begrüßung geküßt hatte. Ihr Herz fing wild an zu klopfen.

Leise, damit sie Peggy nicht weckte, stand sie auf und ging hinüber zum Fenster. Sie legte die Stirn an die kühle Scheibe. Während sie in die Dunkelheit hinausschaute, ohne etwas zu sehen, bemühte sie sich, gleichmäßig zu atmen.

Erst als das Kältegefühl an der Stirn anfing, unangenehm zu werden, richtete sie sich auf. Ihr Blick galt dem Himmel, über den der Wind schwarze Wolkenmonster trieb. Kein einziger Stern war zu sehen. Schade! Gaby erinnerte sich, daß sie schon einmal nachts so am Fenster gestanden hatte. Damals war eine Sternschnuppe heruntergefallen, und sie hatte sich etwas gewünscht.

„Und es ist in Erfüllung gegangen", flüsterte sie vor sich hin. „Wenn ich mir jetzt etwas wünschen könnte..."

*

„Ralf ist da", rief Daniela am nächsten Morgen unten vom Hof.

Gaby, die den Morgen über unruhig herumgelaufen war und sich stundenlang im Bad aufgehalten hatte, rannte los. Sie war schon halb die Treppe hinunter, als ihr der nächtliche Wunsch einfiel. Scham trieb ihr die Röte in die Wangen, daß sie brannten. Wie konnte sie bloß an so etwas denken!

„Nun komm schon!" Peggy hatte vor ihr die Hoftür erreicht. Ungeduldig drehte sie sich um.

Ein spitzbübisches Lächeln glitt über ihr Gesicht, als sie Gaby auf der Treppe stehen sah. Die große Schwester umklammerte das Geländer, als sei sie schiffbrüchig. Ihr Gesicht drückte deutlich die Unsicherheit aus, die sie empfand. Sie tat Peggy leid.

Diesmal aus einem anderen Grund ungeduldig, schüttelte Peggy den Kopf. Das war typisch Gaby! Da mußte wohl jemand ein bißchen nachhelfen. Ohne länger zu warten, ging sie auf den Hof, wo Ralf inzwischen von Daniela und Maria mit Beschlag belegt worden war. Beide wollten von ihm in allen Einzelheiten hören, wie das gestern mit den Tierfängern gewesen war.

„Das interessiert Gaby garantiert auch", meinte Peggy. Sie versuchte möglichst unbefangen auszusehen. „Aber sie kann nicht die Treppe runter."

Bereitwillig setzte sich Daniela in Bewegung. „Vielleicht hat sie sich den Fuß verstaucht."

Mit einem kräftigen Ruck hielt Peggy sie zurück. Gleichzeitig warf sie Maria beschwörende Blicke zu.

„Ralf, kannst du nicht mal nach ihr sehen?"

Obwohl Maria nicht sofort klar war, was Peggy von ihr wollte, tat sie genau das Richtige: nichts. Erst als Ralf verschwunden war, fragte sie: „Was soll das? Was ist los mit Gaby?"

„Gar nichts. Die ist ganz okay." Mit ihrem Trick höchst zufrieden, spitzte Peggy die Lippen, als wollte sie pfeifen. Mit der Hand deutete sie zur Tür hin.

Da kapierten die Schwestern. Sie grinsten verständnisinnig. Klar, daß sie Gaby die Sache mit Ralf nicht verderben wollten.

„Madonna, er soll Gaby allein begrüßen", trumpfte Maria auf. Sie wollte zumindest zeigen, daß sie in diesen Dingen Bescheid wußte.

Peggy nickte gnädig. „Kommt, gehen wir solange zu Mam."

Sie fanden Corinna in der Küche, aber nicht allein. Der Vater war bei ihr. Ernsthaft und gründlich, wie es manchmal seine Art war, ließ er sich von den Fortschritten beim Kochbuch berichten.

„Du wirst sie alle ausprobieren müssen", stellte er gerade fest.

Den Zettel mit einigen ihrer Notizen in der Hand, sah Corinna zu ihm auf. Die Begeisterung war ihr deutlich anzusehen.

„Das ist nicht das schlechteste, nicht wahr?"

„Gut", sagte Hanno, „womit fangen wir an? Wie ich sehe, kommen da einige hilfreiche Geister."

Unschlüssig legte Corinna das Blatt Papier aus der Hand

und griff zum nächsten. Die Wahl fiel ihr schwer. Auf Pinzimonia war sie gespannt. Das konnte man gut vor einem Hauptgericht machen. Und da eignete sich am besten...

„Aber Mam", unterbrach Maria ihren Gedankengang, „das ist doch klar: Heute gibt's Pizzoccheri."

„Zumindest der Name klingt verlockend", schmunzelte Hanno. „Das wird auch Gaby und Ralf schmecken. Wo sind die beiden übrigens?"

„Wir sind schon da." Eine strahlende Gaby erschien im Türrahmen.

Gaby war völlig verändert. Die blauen Augen leuchteten, in ihren Mundwinkeln zuckte es spitzbübisch. Selbst das dunkle Haar glänzte. Corinna lächelte. Sicher hatte Gaby es heute morgen noch gewaschen. Sie hatte ziemlich viel Zeit im Badezimmer verbracht.

Doch das allein war nicht der Grund für Gabys gute Laune. Ralf hatte sie begrüßt, unten in der Tenne. Nicht, indem er sie leidenschaftlich in seine Arme riß wie im Film. Er hatte sie auch nicht geküßt, wie Paps Mam geküßt hatte. Nein, es war ganz anders gewesen: Als er unten in der Tenne erschien, zeigten seine grauen Augen Freude, sie wiederzusehen. Er nahm ihre Hand, die auf dem Geländer lag, in seine und drückte einen Kuß darauf.

„Mensch, Gaby, das wurde aber Zeit", sagte er.

Dann hatte er sie von der Treppe gezogen und einen Moment an sich gepreßt. Nicht lange, wirklich nur einen winzigen Augenblick. Doch der hatte genügt, um alle Unsicherheit und Zweifel zu beseitigen. Als schwebe sie

auf Wolken, war Gaby ihm voraus in die Küche gegangen.
 Hier wurden nun mit vereinten Kräften die Vorbereitungen zum Mittagessen getroffen. Überrascht stellten Hanno, Ralf, Peggy und Daniela fest, daß gar nicht viel zu tun übrigblieb. Kohl in Streifen schneiden, Kartoffeln schälen und würfeln, Käse raspeln, Knoblauch und Salbei zerkleinern. Das war alles.
 „Ein tolles Rezept", fand Peggy später beim Essen. „Es macht kaum Arbeit und schmeckt einfach toll."
 Bestätigend drückte Hanno seiner Frau den Arm. „Doch, ich hoffe, davon hast du mehrere mitgebracht."
 Corinna freute sich. „Ich glaube schon."
 Trotzdem ging ein besorgter Blick hinüber zu Daniela. Bei den Vorbereitungen war sie beinahe so fröhlich wie alle anderen gewesen. Jetzt saß sie am Tisch und wirkte blaß und angestrengt. Ihre linke Hand hing herunter, als suche sie etwas unter ihrem Stuhl.
 Was machen wir bloß? Corinna seufzte innerlich. Dan kann den Hund nicht vergessen. Und den können wir ihr nicht wiederbeschaffen. Schon als ganz kleines Mädchen hatte Dan so ausgesehen, wenn sie großen Kummer hatte, eine feine Falte zwischen den Brauen und die Nasenflügel gebläht. Der Hund! Oder war da noch was?
 Es war Maria, die sie aus ihren Überlegungen riß. „Da kommt jemand."
 Flink wie ein Wiesel flitzte Maria nach draußen. Gleich drauf hörten sie Maria rufen: „Dan, Dan, komm doch bloß mal."
 Von einer unsinnigen Hoffnung getrieben, stürzte

Daniela nach draußen. Vielleicht brachte ihr jemand Rolf zurück. Doch beim Anblick des fremden Jungen auf dem Moped blieb sie zögernd stehen. Mit Rolf hatte dieser Besuch nichts zu tun. Der Hund wäre längst bei ihr gewesen.

Maria winkte ihr. Sie stand neben dem Moped und schaute in eine Pappschachtel, die der Junge vor sich auf dem Lenker stehen hatte.

„O stréga, Dan, beeil dich doch!"

Von hinten fühlte Daniela einen sanften Schubs. Hanno, der genau wie die anderen vom Tisch aufgestanden war und nun hinter ihr stand, wollte seine Tochter ermuntern. Ihm war alles recht, was Daniela von ihrem Kummer ablenken würde.

Der Junge mit dem Moped gefiel ihm. Auffallend blonde Haare zu einem gebräunten Gesicht, als sei er oft an der frischen Luft. Mit schnellen Schritten kam er jetzt auf Daniela zu. Er schien genau zu wissen, an wen er sich wenden sollte.

„Ich bin Falk", sagte er. „Norman hat mich angerufen und mir gesagt, daß du mit deinem Hund Pech gehabt hast. Wir züchten Hunde und haben zur Zeit gerade Schwierigkeiten, ein paar von den Welpen unterzubringen, und da wollten wir, meine Großmutter und ich, fragen, ob du ihn nicht behalten möchtest."

Mit beiden Händen hielt er ihr den Karton hin. Während die anderen sich reckten, um ihr über die Schulter zu sehen, blickte Daniela auf das weiß-braune, flauschige Wesen, das sie mit schiefgelegtem Kopf betrachtete. Das

Gesicht war wunderschön gezeichnet, um die Augen herum bis zu den Ohren braun. Von der weißen Schnauze mit der kräftig schwarzen Nase lief ein weißer Streifen bis in die Stirn. Aufmerksame braune Augen sahen Daniela an.

Vorsichtig nahm Daniela das Hundebaby aus dem Karton und hielt es an ihren Hals, wo die kleine Schnauze kurz schnupperte und leckte. Sie war so überwältigt, daß ihr fast schwindelig war. Norman hatte sie nicht vergessen. Im Gegenteil, er hatte ihren Kummer verstanden und ein Mittel gefunden, das ihn bald heilen würde.

„Er heißt Hatto", sagte Falk.

Ein bittender Blick aus grünen Augen flog hinüber zu Corinna. „Ich darf ihn doch behalten?"

Wer sollte da widerstehen können? Allein der Anblick des kleinen Hundes hätte genügt, um Corinna weich zu stimmen. Doch Daniela wurde zudem von drei Schwestern unterstützt. Jede von ihnen wollte, daß der Hund auf Buchenloh blieb. Jede von ihnen war bereit, tausend Argumente zu finden.

Gespielt ernst betrachtete Corinna die geschlossene Front der vier. Ihre Töchter, da standen sie nun, so unterschiedlich im Aussehen und Wesen und doch so einig. Dahinter Hanno, ihr Vater. Selbst seine blaugrauen Augen schienen sie anzuflehen.

„Also gut", sagte sie.

„Hurra!" Jubelnd wurde sie umringt. Maria schlang beide Arme um ihren Hals und gab ihr einen Kuß.

Mit dem Zeigefinger strich Hanno dem Welpen die

langen weißen Stirnhaare glatt. Plötzlich meinte er gedankenvoll: „Sie werden uns beide wegen des Namens doch nicht miteinander verwechseln?"

„Bestimmt nicht", lachte Daniela. „Oder bestehst du darauf, daß er einen anderen Namen bekommt?"

Glücklich und strahlend wie jetzt, hatte Hanno seine rothaarige Tochter lange nicht gesehen. Vorsichtig setzte das Mädchen den Hund auf den Boden. Er lief auf noch unsicheren Beinen von einem zum anderen und drückte sich schließlich eng gegen Danielas Schuh. Sie bückte sich zu ihm hinunter.

„Er akzeptiert dich als Mutter", stellte Gaby sachlich und neidlos fest. „Lieb von Norman, dir einen neuen Hund zu besorgen."

„Aber trotzdem würde ich ihn nicht Norman nennen." Maria hatte den Einwurf des Vaters ernst genommen. „Hatto ist viel hübscher."

Mit hochroten Wangen schaute Daniela hoch. „Wer hat denn gesagt, daß ich ihn Norman nennen will?"

Spannende SchneiderBücher von Elke Müller-Mees:

HABE ICH	WÜNSCHE ICH MIR
Wir Vier (Band 1) **Eine Straße durch das Paradies** Kampf um ein Naturschutzgebiet	
Wir Vier (Band 2) **Träume hinter dem Spiegel** Die vier beschwören ihre Träume	
Wir Vier (Band 3) **Eine Insel im Wind** Eine Reise nach Dänemark	
Wir Vier (Band 4) **Wettbewerb der Herzen** Ein Junge stiftet Unruhe	
Wir Vier (Band 5) **Zwei auf falschen Wegen** Projektwoche in der Schule	
Wir Vier (Band 6) **Sehnsucht nach dem Süden** Auf Rezeptsuche in der italienischen Toskana	